潮騷

潮騷

三島由紀夫

唐月梅 譯

目錄
contents

導讀

不再造訪的桃花源

謝鑫佑

因《金閣寺》而被世人熟知的天才作家三島由紀夫，四十五歲盛年以決絕的方式自殺，曾三度入圍諾貝爾獎提名，也是著作被翻譯成外國語版最多的日本作家。他的死亡震撼全球，更因為是現存最後一位切腹者，辭世後至今的半世紀時間內，許多人仍持續企圖從作品與生平探討他的價值觀，包括為了釋放美而放火焚寺的《金閣寺》、殘酷青春踏上不歸之途的《鏡子之家》、交織細膩性愛與殘酷死亡的《憂國》，以及熱愛孔雀而一夕殺死動物園所有孔雀的《孔雀》等。小說與他華麗充滿衝擊的人生句點，都讓三島被歸納出「美到了極致便是死亡」的結論，他代表著美、欲望、肉體、鮮血，以及死亡，在長年充斥灰沉陰翳的日本文壇中，他與他的作品是暴烈美學的經典，唯獨《潮騷》這個作品例外。

《潮騷》描述三重縣鳥羽市歌島（今神島）漁民男孩與富船主女兒的愛情故事。漁民久保新治是一位樸實單純的男孩，與島上所有漁民每天過著平順踏實的捕魚日子，他腳踏實地、心地善良，備受村人喜愛。一次機會，他認識了回到歌島生活的富船主獨生女宮田初江，墜入愛河，開始懂得思念焦心的滋味。初江雖出生富豪門第，卻溫文有禮、善體人意，來到歌島即刻勤學海女技藝，加入工作行列。完美模範的兩人，有著另外的仰慕者，從小與新治熟識的千代子與富家子弟川本安夫。新治對千代子沒有感覺，一場風雨中她目睹新治與初江兩人獨處哨所裡，心生妒火的千代子讓事情在村上傳開；而仰慕初江的川本安夫則處處找機會，企圖直接占有初江，他深信門當戶對，最終勢必抱得美人歸。各種考驗阻撓著新治與初江兩人，然而他們意志堅定、堅貞不渝，終成眷屬。而千代子也良心發現，坦承認錯。

相較其他極具爭議的作品，《潮騷》不像三島所寫。整部小說風格簡樸、清新，一反三島文學中慣有的爆炸的知性、繁複的想像力，以及華麗交纏的文體；內容則有如被日陽曝曬過般正向純潔，字裡行間滿溢著希望與浪漫，即便一些似是為了增加情路難度而迸出的嫉妒心機，也僅一閃而過，彷彿只因劇情而設，人物與人物之間並不存在真正的仇恨。沒有頹喪失意，也沒有冷嘲熱諷，每一個人都有著純良正直的心，那些乍現的惡意僅是偶而飄過的烏雲，並不能長久掩蓋歌島人們潔淨發光的靈魂，因此，在所有人物都有陰暗面的三島其他作品中，《潮騷》顯得格外奇異，尤其擅長以解剖刀般銳利切面暴露人性殘酷的三島，在《潮騷》中卻溫暖得讓人困惑。

一九五一年，三島發表了長篇小說《禁色》與《夏子的冒險》後，因獲得朝日新聞特別通訊員的記者身分，在年底開始為期近五個月的環遊世界旅行。這是三島第一次出國，西方的美學經驗讓他面對創作有了更豐富的想像，尤其旅經希臘期間，神廟雕像與古老神話深深吸引三島，也喚起他童年在父親平岡梓書房所翻閱到歐洲畫冊上圭多．雷尼所繪「聖塞巴斯提安殉教圖」那張身中數箭卻皎潔無瑕的神聖記憶。三島彷彿在昔日雅典的古典與優美中，找到了身體與靈魂的平衡。兩年後，他延續旅行希臘時沸騰的血液，想創作猶如神話〈達夫尼與克羅伊〉（Daphnis et Chloe）般純粹得沒有一絲雜質的愛情故事，於是選擇了風俗純樸的神島作為小說背景。

經典古希臘田園牧歌式小說〈達夫尼與克羅伊〉，描述希臘第三大島列斯伏斯島（Lesbos）上牧羊男女的愛情故事。少年達夫尼與少女克羅伊年幼遭雙親遺棄，皆被奴隸收養，兩人長大後一起放牧，互相愛戀，卻因奴隸身分，無法自己決定成為眷侶，幾經波折，終於在牧神潘與愛神厄洛斯的庇佑下尋得生父母，結為連理。二世紀古希臘詩人朗高斯（Longus）透過故事詠嘆真摯的愛情與炙熱旺盛的生命力；也透過苦難的生活與曲折的愛情歷程，見證意志與希望的珍貴永恆。而三島筆下的歌島，正具備滋養如此心靈的條件。

歌島的環境與受到許多刺激觸發的城市少年的環境不同，島上沒有一家小鋼珠店，沒有一家酒吧間，甚至沒有一個陪酒的女侍。

歌島彷如一個與文明隔絕，絲毫未受污染的世外仙境，唯獨千代子與安夫是接觸過現代都會文明的人物。千代子就讀於東京的大學，是島上唯一具備知識的人，她因知識而受困於自己是醜陋的自厭意識中，與三島《禁色》中的檜俊輔同屬於醜陋的知識人。而安夫則因接觸色情雜誌，看見其中被征服的女性的告白，認為施暴是男性雄風的表現，意圖強行占有初江。兩人代表文明的醜陋，尤其對比小說初始對新治與初江那段有如童話般原始邂逅的描述，更凸顯歌島有如幻想中的蓬萊島一般，神聖，純潔。

這種意想不到的幸福的邂逅，使年輕人不禁懷疑起自己的眼睛來了。兩人的警惕心和好奇心交織，彷彿在森林中偶然相遇同類動物似的，彼此只顧面面相覷，呆呆地佇立著。

一九五四年《潮騷》發表，獲第一屆新潮社文學獎，這是三島第一座文學獎項，當時他二十九歲。《潮騷》獲得空前的好評，甚至成為年度前暢銷書第三名，出版五個月後，導演谷口千吉將小說改編拍成電影，擄獲無數少男少女的心。十年後，導演森永健次郎再次拍攝，同樣掀起廣大迴響，一九七一、一九七五、一九八五年分別又有導演森谷司郎、西和克己、小谷承靖翻拍成電影。《潮騷》是三島作品中，最多次被改編拍攝為電影或電視劇的作品。然而如此廣受大眾喜愛的《潮騷》，卻被日本部分純文學人士視為是通俗文學、大眾娛樂，三島面對文壇極端冷淡的反應感到非常失望，也非常難過。

一九五九年，三島在《十八歲和三十四歲的自畫像》中回憶當初創作《潮騷》的動機：「我想試著創出一種和自己徹底相反的東西，把那種責任完全不歸於我自己的人物與思想，用文字語言組織起來。從這個時候起（潮騷），在我的人生上，我也興起了一種念頭，我要把『和我相反的東西』化成我自己。然而，那果真是和我相反的東西嗎？或者只是一直被淹沒著的我本來的另一半呢？我自己也不知道。」

三島在這樣的信念下，寫出純然潔淨、健康樂觀、透徹明亮、樸實唯美、甘醇如詩的《潮騷》。這其中彷彿能窺見三島靈魂內，除了鮮血與刀刃外的東西，那是《潮騷》之前不曾見過，也是《潮騷》之後不再出現的東西。與三島很投緣，卻終生緣慳一面的法國作家瑪格麗特．尤瑟娜（Marguerite Yourcenra）在三島過世後寫了《三島：見空是空》（*Mishima ou la vision du vide*）討論三島，其中提及：「《潮騷》是三島一生中只能寫出一次的幸福小說。」

童年時期的三島熱衷寫詩，十二歲便以本名平岡公威署名，寫下為數不少的短詩，成名後更編彙成詩組《小曲集》。其中數首詩作能看出在三島由紀夫終其一生沸騰的血液裡，流著如《潮騷》那樣像風一樣讚頌美好的情懷，以及他那如桃花源遂迷不復得路的「相反的另一半」。

〈明亮的橡樹〉　楊典譯

藍色之杯在憂鬱地微笑
你的睫毛，你的眼瞼
曾灑上一片銀粉般冷酷的睡眠
被埋沒的寶石才總是會忽明忽暗
一邊大笑著站起來
一邊走向帆船

哦，大海……哦，有金雲的夏天
哪怕是毛毛蟲，一旦抓住時機
會努力變成櫻花的花邊
更何況我這小石頭般的人
終會超越明亮的橡樹
為了看海而走向行動

作者簡介

謝鑫佑，小說家，雲門舞集前任文膽。一九七七年生，獲一九九七年全國學生文學獎小說獎、二〇一〇年全國巡迴文藝營創作獎小說首獎、二〇一一年竹塹文學獎短篇小說首獎、二〇一一年書寫高雄創作獎助計畫長篇小說入選、二〇一二年台北文學獎小說優等獎，出版長篇小說《五囝仙偷走的祕密》、《帶我回家》等書，被駱以軍稱為「頭髮皆發光的天才」。曾任蘋果日報娛樂編輯、城邦出版編輯。二〇一五年主持廣播節目「pourquoi 笨瓜秀」。

潮騷

第一章

歌島是個人口一千四百、方圓不到四公里的小島。

歌島有兩處景致最美。一處是八代神社，座落在島的最高點，朝西北而建。從這裡極目遠望，可以望及伊勢海的周遭，歌島就位於其灣口。北面瀕臨知多半島，由東向北伸展著渥美半島。西面隱約可見從宇治山田到津的四日市的海岸線。

拾二百級的石階而上，來到了由一對石雕唐獅子守護的鳥居前，猛然回首，可以看到被這種遠景包圍著的像是古代伊勢的海。這裡，原先松枝交錯，形成一座「松鳥居」，為賞景的人提供了一個別有風趣的自然畫框。但是，松樹在幾年前已經完全枯死了。

松樹的綠還是淺淡時，靠岸的海面已經被春天的海藻染上了紅赭色。西北的季節風不斷從津的風口吹拂過來。這裡賞景，寒氣襲人。

八代神社供奉著「綿津見命」海神。這種對海神的信仰，是漁夫們從生活中自然產生的。他們經常祈求海上平安，如果遭遇海難，獲救後就首先來到這座神社奉獻香資。

八代神社有珍寶六十六面銅鏡，有八世紀的葡萄鏡，還有在日本僅有的十五、六面的中國六朝鏡複製品。鏡子背面所雕刻的鹿和松鼠群，是在遙遠的過去從波斯的森林輾轉漫長的陸路，再渡重洋，旅遊了半個世界，來到如今這個島上安家落戶的。

島上景致最美的另一處，就是靠近島上的東山山頂的燈塔。

燈塔聳立的斷崖下，不斷地傳來伊良湖海峽的海潮聲。起風的日子裡，這連接著伊勢海和太平洋的狹窄的海峽，翻捲起無數的漩渦。與這海峽相隔，靠近渥美半島的一端，在多石而荒涼的岸邊，聳立著一座伊良湖海峽的無人小燈塔。

在歌島的燈塔上，東南可以望及太平洋的一角。刮西風的拂曉時分，在東北隔渥美灣的群山遠方，有時還可望及富士山。

從名古屋和四日市出入港的輪船，擦過星散在灣內至外海上的無數的漁船，經由伊良湖海峽時，燈塔看守從望遠鏡中窺視，很快就念出了船的名字。

在望遠鏡的視野裡，攝入了三井航線的一千九百噸貨輪「十勝號」。貨輪上的兩個身穿工作服的船員一邊踏步一邊在閒談。

過了片刻，又一艘英國的「塔里斯曼號」輪入港。可以清楚地看見上甲板上的一個船員，正在投套圈的小小的影子。

值班小屋裡，燈塔看守坐在辦公桌前，將船名、信號、符號、通過時間和方向，都一一記在船舶往來報表上，並將它擬成電文進行聯絡。多虧這種聯絡，港口上的貨主才能及早做好準備。

一到下午，落日被東山所遮擋，燈塔周圍變得陰暗起來。老鷹在明亮的海的上空翱翔。它彷彿欲與天公比試，輪流扇動著雙翅，剛要俯衝，卻又突然畏縮在空中，飛翔而去。

傍黑時分，一個年輕的漁夫拎著一尾大比目魚，從村裡急匆匆地只顧攀登通向燈塔的山路。這個年輕人方才十八歲，前年從新制中學畢業。他身材魁梧，體格健壯，惟有臉上的稚氣同他的年齡是相稱的。他的黑得發亮的肌膚，一個具有這個島的島民特點的端莊鼻子，搭配著兩片裂璺的嘴唇，再加上閃動的兩隻又黑又大的眼睛，這是以海為工作場所的人從海所獲得的恩賜，而決不是屬於智慧的澄明的象徵。因為他在學校的成績非常之差。

他依然穿著今天一整天都裹在身上的捕漁工作服，即已故父親遺留下來的褲子和粗布工作服。

這年輕人穿過靜謐的小學校園，踏上水車旁的坡路，拾級而上，來到了八代神社的後面。神社庭院裡在薄暮籠罩下的桃花清晰可見。從這裡再攀登，不足十分鐘便可到達燈塔了。

這山路實是崎嶇不平，即使白天，走不慣這條路的人也難免會絆倒。可是，這年輕人就是閉上眼睛，他的腳也能蹚著松樹樹根和岩石前進。縱令像現在這樣一邊沉思一邊行走，也不會絆跤。

方才還在夕陽殘照的時候，載著這年輕人的太平號返回了歌島港。每天，年輕人和船主以及一名伙伴都一起駕馭這艘小汽船出海打漁。回港後，年輕人就把捕獲的魚移到合作社的船上，然後把船靠在海邊，拎起比目魚準備到燈塔長家裡。這時，他想先回家一趟，於是沿著海岸走了起來。這傍黑時分，還有許多漁船靠岸，一陣陣吆喝聲，使海濱沸騰起來。

一個陌生的少女站在沙灘上，靠在名叫「算盤」的堅固的木框邊小憩。當起重機把船拖上來的時候，這木框就作墊船底用，是依次往上挪動的工具。少女操作完畢，像是在那裡喘氣歇息的樣子。

少女額上滲出汗珠，臉頰紅彤彤。寒冷的西風十分強勁，她因幹活而發熱的臉袒露在勁風之中，秀髮披靡，像是十分快活的樣子。她身穿棉坎肩和扎腿勞動褲，手戴污穢的粗白線勞動手套。健康的膚色與其他的婦女別無二致，但她眉清目秀。她的眼睛直勾勾地凝望著西邊海面的上空。那裡黑壓壓的積雲中，沉入了夕照的一點紅。

年輕人未曾見過這張面孔。按理說，他在歌島上沒有不認識的人啊。要是外來人，他一眼就能辨認出來的。可少女的裝扮又不像是外來人。只是，她獨自一人面對大海看得入神的樣子，與島上的快活的婦女迥然不同。

年輕人特意打少女面前走過。在少女的正面停下了腳步，認真地望著少女，就像孩子望著陌生人一樣。少女微微皺了皺眉頭，眼睛依然直勾勾地凝望著遠方的海面，連看也不看年輕人一眼。

寡言的年輕人實地調查完畢，旋即快步離開那裡。這時候，他只是模模糊糊地沉溺在一種好奇心的幸福感中，卻說這種失禮的實地調查在他臉上反映出來的羞怯，直到後來，也就是直到他開始登上通往燈塔的山路時，才漸漸地消去。

年輕人透過一排排松樹的間隙，鳥瞰眼下的洶湧澎湃的大海。月亮露臉前的大海，漆黑一片。

轉過「女人坡」——傳說這裡會迎面碰見魁偉的女妖——就可以望見燈塔的明亮的窗戶。那亮光刺痛了年輕人的眼睛。因為村裡的發電機發生故障已久，村裡只看見昏暗的煤油燈的燈火。

年輕人為了感謝燈塔長的恩情，經常這樣把魚送到燈塔塔長那裡。臨近新制中學畢業，年輕人考試落第，眼看就要延長一年才能畢業，他的母親對燈塔長太太——他的母親平時常到燈塔附近來撿引火的松葉，同燈塔長太太有一定交往——訴苦說：兒子延期畢業的話，家中生活難以維計。太太轉告了燈塔長，燈塔長去見了他的摯友——校長。這樣，年輕人才免於留級，准予他畢業了。

從學校出來，年輕人就出海捕漁。他經常把捕獲的魚送到燈塔。還不時地替燈塔長夫妻採購，博得了他們的歡心和喜愛。

登上燈塔的鋼筋水泥台階這邊，緊靠著一小塊旱田，便是燈塔長的官舍。廚房的玻璃門上，搖曳著太太的影子。她像是正在準備晚餐。年輕人在外面揚聲招呼。太太把門打開，說：

「喲，是新治。」

太太接過年輕人默默地遞過來的比目魚，高聲地說：

「孩子他爹，久保送魚來了。」

從屋裡首傳來了燈塔長的樸實的應聲：

「你總是送東西來，太感謝了。請進來吧，新治。」

年輕人站在廚房門口，顯得有點靦腆。比目魚已經躺在一只白搪瓷大盤裡，從微微喘氣的魚鰓裡流出來的血，滲入又白又滑的魚身上。

第二章

翌日清晨，新治乘上師傅的船兒出海捕魚去了。黎明時分，半明半暗的雲空，在海面上映出一片白茫茫。

開到漁場，約莫得花一個小時。新治身穿工作服，胸前圍著耷拉到膝頭的長黑膠圍裙，手戴長膠手套，站在船頭，遙望著航行前方的灰濛濛的晨空下的太平洋方位，回想起昨晚從燈塔回家後就寢前這段時間的事來。

……在小屋的爐灶旁，吊著一盞昏暗的煤油燈。母親和弟弟在等待著新治歸來。弟弟十二歲。自從父親在戰爭最後一年死於機關槍掃射之下，到新治出海勞動這數年間，母親一人以海女的收入來維持一家的生計。

「塔長很高興吧？」

「嗯。他一再讓我進屋去，還請我喝了可可。」

「可可？可可是什麼？」

「是西方的紅豆湯吧。」

母親什麼烹調都不會，只會切切生魚片，拌拌涼菜，或者烤整魚，一鍋煮熟。盤子裡擺了一尾新治捕撈上來的綠鰭魚，是整條煮熟的。由於沒有好好洗乾淨就下鍋，吃魚肉時，就連魚肉帶砂子一起吃了。

在飯桌上閒談的時候，新治盼望從母親的嘴裡吐露出有關那名陌生少女的一些傳聞。然而，母親這個人是不愛發牢騷，也不喜歡背地議論人的。

飯後，新治帶弟弟到澡堂洗澡去，他想在澡堂裡聽到少女的一些傳聞。但時間太晚，浴池空空蕩蕩，洗澡水也髒了。天花板上回響著粗啞的嗓音，原來是漁業合作社主任和郵局局長泡在浴池裡談論起政治問題來。兄弟倆以目致意後，就泡在浴池的一端。新治一味豎起耳朵傾聽，他們的政治話題總是沒有移到少女的新聞上來。這時候，弟弟很快就洗完澡走出了浴池，新治也只好一起走了出來，問明緣由。原來是弟弟阿宏在玩劍戟遊戲的時候，用刀擊中了合作社主任的兒子的頭，把他打哭了。

平時一仰臉躺下就入睡的新治，這天晚上上床後卻興奮得久久未能成眠。他從來沒有生過病，這回他擔心起自己是否生病了。

……這種奇妙的不安情緒，一直持續到今天早晨。眼下新治站在船頭，眼前展現寬大無際的海。只要眼一望見海，他平日那種熟悉的勞動的活力就在全身沸騰起來，心情自然而然地就會平靜下來。發動機一震動，汽船也隨之微微震動。凜烈的晨風，撲打在年輕人的臉頰上。

右邊懸崖高處燈塔的光，早已熄滅。早春的褐色樹林下，伊良湖海峽飛濺起的浪花，在清晨的迷濛景色中，呈現一派白花花。太平號由師傅熟練地在操縱著櫓，乘風破浪地順利穿過海峽潮水的漩渦。要是巨輪航行這海峽，必須通過總是掀起浪花的兩處暗礁之間的一條狹窄的航道。航道水深約一百四十多公尺至一百八十多公尺，而暗礁上則只有二十三公尺至三十六公尺左右深。由是，從這條航道標誌的浮標周圍，向太平洋方位深深投下了無數的捕章魚的陶罐。

歌島年捕魚量八成是章魚。十一月開始的捕章魚汛期，起始於春分的捕烏賊汛期以前，已經接近尾聲。伊勢海天氣寒冷，秋天章魚群為了避寒，順流游向太平洋的深處，所以捕章魚的陶罐正等待著捕捉這些章魚。就是說捕章魚季節快結束了。

對幹練的漁夫來說，島嶼的太平洋一側的淺海海底地形，就像自己的庭院一樣熟悉。「海底黑沉沉，簡直像瞎子按摩一樣。」漁夫經常這麼說。

他們靠指南針辨別方向，仔細觀察比較遠方海角的群山，通過高低的較差，來弄清船隻的所在位置。弄清位置，就知道海底的地形。每條纜繩上分別拴上上百個捕章魚陶罐沉入海底，規則有序地排成無數的行列。拴在纜繩的一處處上的許多浮標，隨著潮漲潮退而搖動。捕魚的技術之老練，得數既是船主又是師傅的捕撈長了。

新治和另一年輕人龍二都認為，只要致力於適合自身的力氣活兒就行。

捕撈長大山十吉的臉，活像被海風鞣熟的皮子。連皺紋的深處也被曬得黝黑，手上的疤，不知是滲透在皺紋裡的污垢，還是打魚的舊傷痕，如今已經分辨不出來了。他這個人難得一笑，平時很是冷靜，雖然為了指揮捕魚而扯大嗓門，可是不會因生怒而大聲吼叫。

打魚的時候，十吉基本上不離開掌櫓場，用一隻手調節發動機。到了海洋，許多迄今看不見的漁船都麇集在這裡，互致早安。十吉降低發動機的馬力，一開進自己的漁場時，就向新治示意，讓他把傳動皮帶掛在發動機上，再繞在船舷的旋轉軸上。船兒沿著掛上捕章魚陶罐的纜繩緩緩行駛，這個旋轉軸帶動了船舷外的滑輪。青年們把拴著捕章魚陶罐的纜繩掛在滑輪上，捯了上來。必須不停地捯，否則纜繩會滑回去。再說，要把飽含了海水而變得沉重的纜繩拉上來，就需要加倍的人力。

微弱的陽光籠鎖在水平線上的雲層裡。兩、三隻魚鷹把長長的脖頸伸出水面游來游去。

朝歌島望去，向南的斷崖被群棲魚鷹的糞便染成一片白花花。

風，格外的寒冷。由滑輪將纜繩捲上來的同時，新治望著湛藍的海，從中感受到自己勞動很快就要出汗，並湧上一股勞動的活力。滑車開始轉動，濕漉漉的沉重的纜繩從海裡被掃了上來。新治帶著膠手套的手，緊握住冰冷而堅硬的纜繩。拉上來的纜繩通過滑輪的時候，四處濺起了像冷雨般的水花。

接著，紅赭色的章魚陶罐從海面露了出來。龍二在等待著，倘使罐子是空的，他就不讓空罐接觸滑輪，迅速將蓄滿罐裡的水倒出來，然後靠纜繩把陶罐再放回海裡。

新治叉開雙腳，一隻踩在船頭，接連不斷地在把長長的纜繩拉上來，他心想：從海裡會拉上什麼來呢？他不停地拉回著纜繩。新治勝利了。但是，實際上海也沒有輸。不斷拉上來的都是空罐子，它們像是在嘲笑。

拉上來的相隔七至十公尺一個的章魚罐已有二十多個，全都是空的。新治仍在將纜繩拉上。龍二把空罐裡的水倒了出來。十吉不動聲色，手握住櫓，默默地注視著年輕人的操作。

新治的脊背上漸漸滲出了汗珠。裸露在晨風中的額頭上的汗珠在閃閃生光。臉頰火辣辣的。陽光好不容易透過雲層，把年輕人躍動的淡淡的姿影投射在腳下。

龍二把拽上來的罐子不是傾倒在海裡，而是傾倒在船裡。十吉停止了轉動的滑車。新治這才回頭望了望章魚罐。龍二用木棍連續捅了幾下罐裡，總是不見章魚出來。他又用木棍攪動，章魚才勉強從罐裡滑了出來，蜷縮在船板上，就像人午睡正酣的時候不願意被人喚醒一樣。機械室前的大魚槽的蓋子彈開了，今天的第一次收獲，一古腦地傾瀉在槽底裡，發出了低沉的聲響。

整個上午，太平號幾乎都是在捕章魚度過的。僅僅捕獲了五尾章魚。風已停息，和煦的陽光開始普照大地。太平號度過伊良湖海峽，回到了伊勢海。準備在這捕魚禁區裡偷偷垂釣。

所謂垂釣，就是一種捕魚的方法，即把結實的一串串的魚鉤放在海裡，船兒向前行駛，魚鉤就像鐵耙子在海底耙來耙去。許多拴著釣鉤的繩子被平行地繫在纜繩上，纜繩水平地沉入海裡。相隔一段時間再拉上來，四條牛尾魚和三條舌鰨魚從水面上蹦了上來。新治赤手把牠們從魚鉤上拿了下來。牛尾魚露著白腹躺倒在沾滿血跡的船板上。舌鰨魚那兩隻被埋在皺紋裡的小眼珠、那濡濕了的魚身，都映照著蔚藍的天空。

午餐時間到了。十吉將捕獲的牛尾魚放在發動機部的蓋子上，切成生魚片，分成三份放在三人各自的鋁製便當蓋上，澆上小瓶裝的醬油。三人端起了在一角放上兩、三片蔔蔔鹹菜的麥飯便當。漁船在微波中蕩漾。

「宮田的照大爺把女兒叫回來了，你們知道吧？」

十吉突然說道。

「不知道。」

「不知道。」

兩個年輕人搖了搖頭。十吉又說道：

「照大爺生了四女一男，他覺得女兒過多，三個出嫁，一個送給人家做養女了。么女名叫初江，已經過繼給志摩老崎地方的一個海女。獨生子阿松去年不料得了心臟病，猝然死去，照大爺就成了鰥夫，他突然變得寂寞了。於是，他把初江喚回來，重新落了戶口，還打算招個養老女婿吶。初江長得格外標致，小青年都想當他的入贅女婿，可真是了不起。你們怎麼樣？」

新治和龍二面面相覷地笑了起來。的確，兩人都臉紅了。只因為肌膚被太陽曬得黝黑，看不見那股泛起的紅潮罷了。

新治心中已將這個談論中的姑娘，同那個昨日在海灘上看見的姑娘緊密地聯繫在一起了。同時，他也感到自己財力的缺乏，喪失了信心，昨日近在咫尺的姑娘，今日卻變得遠在天邊了。宮田照吉是個財主，又是擁有山川運輸公司出租用的一百八十五噸級的歌島號機動帆船，和九十五噸級的春風號輪的船主，還是個聞名遐邇的愛教訓人的老傢伙，他教訓的時候，那頭像獅子鬃毛般的白髮就豎了起來。

新治考慮問題是很切合實際的。他覺得自己才十八歲，考慮女人的事為時尚早。因為歌島的環境與受到許多刺激觸發的城市少年的環境不同，島上沒有一家小鋼珠店，沒有一家酒吧間，甚至沒有一個陪酒的女侍。再說，這年輕人最樸素的幻想，就是將來自己擁有一艘機動帆船，同弟弟一起從事沿海運輸業。

新治的四周是寬廣的海，他卻不曾嚮往不著邊際的雄飛海外的夢。對於打魚人來說，海就像農民在觀念上之執著於自己所擁有的土地。海，是打魚人的生活場所，它的不定形的白色波濤，就像田間的稻穗和麥子在容易感受到綠油油的軟土上不斷地搖曳著。

……儘管如此，那天作業將結束的時候，年輕人竟帶著一種奇妙的感動，遙望著一艘從水平線上的晚霞前通過的白色貨輪的影子。世界竟以迄今他連想也沒想過的巨大的寬廣，從遙遠的天際逼將過來。這個未知的世界的印象，宛如遠雷，從遠處轟隆過來，爾後又消失了。

船頭的甲板上，有一只小海星乾癟了。坐在船頭上的年輕人，把視線從晚霞移開，輕輕地搖了搖他那用白厚毛巾纏著的頭。

第三章

這天晚上，新治去參加青年會的例會。從前稱作「寢屋」的青年合宿制度，如今改稱這個名字，依然有許多年輕人喜歡這裡。他們寧可在這間坐落在海邊的煞風景的小屋裡泊宿，也不願在自己的家中過夜。在那裡，他們認真地議論諸如教育、衛生、打撈沉船、搶救海灘一類問題，甚至交鋒；或者舉辦諸如舞獅和盂蘭盆舞等自古以來屬於年輕人的活動。

年輕人一來到這裡，能感受集體生活的連帶感，並體會到一個堂堂男子漢應負的愉快的重擔。

海風把緊閉的木板套窗吹得咯咯作響，把煤油燈吹得搖搖曳曳，時而明亮，時而又變得昏暗。黑夜戶外的大海逼將過來，海潮的轟鳴總是衝著在煤油燈投影下勾劃出來的，年輕人快活的臉，傾訴著大自然的不安和力量。

新治一走進屋裡，只見在煤油燈下匍匐著一個年輕人，讓他的伙伴用帶鏽的推子給他理髮。新治微微地笑了笑，抱膝坐在牆腳下。他總是這樣默默地傾聽別人的意見。

年輕人或笑著誇耀自己今天的捕魚收獲，或無情地攻擊對方。喜歡讀書的，則埋頭翻閱著放在屋裡過期的雜誌。有的則沉迷在漫畫之中，用與其年齡相比顯得大了些的骨節突出的粗手，按住書頁，乍看不明白這一頁的畫的幽默含義，仔細地琢磨了二、三分鐘後才笑了起來。

新治在這裡也聽到了那名少女的傳聞。一個齒列不齊的少年張嘴大笑過後說：

「要說初江嘛……」

這隻言片語傳入了新治的耳膜裡。後來的話則被嘈雜的人聲和笑聲所掩蓋，聽不見了。

新治是個毫無心思的少年，然而這個名字卻像是個非常難的問題，使他的精神苦惱不已。僅僅聽見這名字就覺得臉紅心跳。依然這樣紋絲不動地坐著，竟產生了一種只有在劇烈勞動時才會出現的變化，這真令人不快。他用手捂了捂自己的臉頰試了試，只覺得臉頰火辣辣的，恍如他人臉頰似的。這種連自己也不明白的情緒存在，傷了他的自尊心，莫名的憤怒使他的臉頰更加通紅了。

大家就這樣等待著會長川本安夫的到來。安夫年僅十九歲，是村中的名門出身，力氣大到能強行把人拽著走。他這點年紀已經懂得樹立自己的威嚴，每次集會他一定姍姍來遲。

門輕易地打開，安夫走了進來。他胖墩墩，還有一張像他父親酒後的紅臉那樣的臉。他的長相雖不令人討厭，但那雙稀疏的眉毛卻顯得有些奸狡。他用一口漂亮的標準話說：

「我來晚了，很抱歉。那麼，我們馬上商量一下下個月要辦的事吧。」

說著，安夫在辦公桌前坐下來，攤開了筆記本。不知為什麼，他顯得特別焦急。

「這是早就預定要辦的事嘛，譬如舉辦敬老會，運石修路，還有村民會委託我們辦的清掃下水道滅鼠。這些事都要在暴風雨天不能出海捕魚的日子裡做的。滅鼠嘛，什麼時候都沒有關係。反正是在下水道以外的地方，警察也不會抓。」

大家笑了起來。

「哈哈哈，好，說得好。」有人說。

有人還建議請校醫作有關衛生的報告和舉辦辯論大會等，可是舊曆新年剛過，年輕人很膩煩集會，對此並不感興趣。此後就是共同舉辦評論會，討論油印的會刊《孤島》。有個愛讀書的年輕人朗誦了在隨想最後所引用的保羅．魏崙的詩句，這就成了眾矢之的。這詩句是：

我的心莫名悲傷
不知為何從海底深處
興沖沖地瘋狂躍動

展翅翱翔……

「什麼叫興沖沖啊？」

「興沖沖就是興沖沖唄。」

「恐怕是慌慌張張吧，念錯了吧。」

「對啊，對啊。準是『慌慌張張地瘋狂』這樣的句子才通吧。」

「保羅．魏崙是什麼呀？」

「是法國著名詩人嘛。」

「什麼，誰認識他呀。這是不是從哪支流行歌裡選出來的？」

每次例會，照例如此交鋒一番就結束了。會長安夫隨即匆匆回家去了，新治不明箇中原因，便抓住一個伙伴詢問。

「你還不知道嗎？」伙伴說，「他是應邀到宮田老大爺家參加宴會，祝賀女兒回村的呀。」

新治沒有受邀參加這個宴會。要是平時，他與伙伴有說有笑地走回家，現在一反常態，獨自溜出來，沿著海濱向八代神社的石階走去。從鱗次櫛比的屋宇中，他找到了宮田家的燈光。那燈光與其他人家的一樣，都是煤油燈的燈光。雖然看不見屋內宴會的情形，但是毫無疑問的，煤油燈靈敏的火焰，會將少女那清秀的眉毛和長長的睫毛搖搖曳曳地投影在她的臉龐上。

新治來到台階的最底下一級，抬頭望著落上了稀疏鬆影的二百級的白石階。他開始拾級而上，木屐發出咯咯聲。神社四周渺無人影。神官家的燈火也早已熄滅了。

年輕人一口氣登上了二百級台階，毫不喘氣。他站在神社前將結實的胸膛傾向前方，虔誠地施了個禮，然後將十元硬幣投入了香資箱。接著又果斷地將另一個十元硬幣投了進去。在響徹庭院的拍手聲中，新治心中祈禱：

「神啊！請保佑我出海平安，豐收歸來。保佑漁村愈發繁榮！我雖然還是個少年，但總有一天會成為獨當一面的漁夫，請保佑我熟知任何事，精通任何事，諸如海的事、魚的事、船的事、天氣的事！保佑我和藹可親的媽媽和年幼的弟弟！保佑媽媽在海女季節裡潛水避免各種危險，平安無事……此外，還有一個或許是不合理的企求，請保佑我有朝一日也能娶上一個性情溫柔、長相標致的新娘吧……例如像回到宮田照吉家那樣的女孩……」

一陣風吹拂過來，松樹梢沙沙作響。這時候，直吹到神社黑暗深處的一陣風，發出了森嚴的響聲。它讓人感到彷彿海神俯允了年輕人的祈求。

新治仰望星空，深呼吸了一下，暗自想道：

「提出這麼任性的祈求，神靈不會處罰吧！」

第四章

此後過了四、五天，一個刮大風的日子，海浪越過歌島港的堤防，飛濺起高高的水花。海上到處都是白色的浪峰，一個接一個地炸成了浪花。

天氣雖然晴朗，但由於刮風，全村人都不出海打魚。母親讓新治上午搬運完青年會的石料後，去把山上的柴火背回家裡來。這是母親在山上打來的柴火，她用紅布捆綁起來，藏在山上原陸軍觀測演習的哨所遺址處。用紅布捆著的柴火就是母親採集的份兒。

新治背著裝柴火的木架從家裡出來，向觀哨所遺址走去。這條路是要通過燈塔的。繞過女人坡，就沒有一點風絲，簡直令人難以置信。燈塔長的家靜悄悄的，大概都在午睡吧。燈塔的值班小屋裡，旋蕩著收音機的樂聲，可望見燈塔員坐在辦公桌旁的背影。在登上燈塔後面的松林陡坡的時候，新治出汗了。

山上鴉雀無聲。不僅渺無人影，連一隻徘徊的野狗也沒有。在這島上，由於忌諱鎮守神，豈止野狗，就是家狗也沒有。島上淨是斜坡，土地狹窄，連供運輸用的牛馬也沒有。要說家畜，只有家貓一類，牠們走在滾落下來的石頭將一排排房屋分別割成一段段的小路上，一邊用尾巴撫弄著一戶戶輪廓分明、錯落有致的房檐的影子，一邊走了下來。

年輕人登上了山頂。這裡是歌島的最高處。四周圍滿了楊桐、茱萸等灌木林和高高的野草叢，視野被遮閉了。惟有從草木之間傳來了海潮的騷音。從這附近湧向南方的路，幾乎都被灌木和野草埋沒，要到觀哨所遺址，必須走相當迂迴曲折的路。

走不多久，在松林沙地那邊，三層的鋼筋水泥的觀哨所遺址漸漸浮現。在周圍渺無人影的大自然的幽寂中，這個白色的廢墟顯得格外神祕。當年的士兵就靠二樓觀望台上的望遠鏡，來確定從伊良湖海峽對面的小中山靶場試驗發射出來的炮彈的落彈點。室內的參謀詢問炮彈落在什麼地方，士兵馬上就回答上了。直到戰爭期間，野營的士兵在這裡一直來回重覆著這種生活，他們總是把不知不覺地減少了的糧秣當作是被狸貓偷走了。

年輕人窺視了一下觀哨所的一樓。只見堆積如山的一捆捆枯松葉。似乎是用來堆放東西的一樓，外頭窗戶窄小，裡頭也有些窗玻璃沒有損壞。他憑藉著一丁點亮光，馬上找到了母親做了記號的柴火。其中好幾捆繫上了紅布條，上面用笨拙的毛筆字寫著自己的名字「久保富」。

新治把背著的木架卸下來，然後將枯松葉和成捆的枯枝捆綁好。他好久沒有到這觀哨所來了，覺得馬上折回去未免太可惜，於是他把要背回去的東西放在一起，邁步登上了鋼筋水泥的樓梯。

這時，上面傳來了像是木頭和石頭輕輕相撞的聲音。年輕人豎起耳朵傾聽。聲響戛然止住。他想：這必定是自己多心了。

再登上樓梯，看見廢墟的二樓上，一個大窗戶既沒有玻璃也沒有窗框，窗外是寂寞地環繞著的大海。觀望台的鐵柵欄也沒有了。淡墨色的牆壁上，留下了士兵用粉筆胡亂塗寫的痕跡。

新治再往上攀登。他透過三樓的窗口，將視線投在倒塌了的升旗台上，這回他確實聽到了有人在哭泣。他一個箭步跑了上去。他腳穿運動鞋，輕盈地就登上了屋頂。

正在哭泣、腳登木屐的少女沒聽見腳步聲，就突然看見呈現在自己眼前的年輕人的身影。毋寧說，這使對方大吃一驚。她頓時止住哭聲，呆然不動。原來她就是初江。

這種意想不到的幸福的邂逅，使年輕人不禁懷疑起自己的眼睛來了。兩人的警惕心和好奇心交織，彷彿在森林中偶然相遇同類動物似的，彼此只顧面面相覷，呆呆地佇立著。新治好不容易才開口問道：

「你是初江吧？」

初江情不自禁地點了點頭，但緊接著又露出驚訝的神情：他怎麼會知道自己的名字？看著逞強故作鎮定的年輕人，那雙烏黑的誠實的眸子，似乎使初江回憶起某天在海濱上定睛凝視著自己的那個年輕臉龐來。

「方才是你在哭嗎？」

「嗯。」

「為什麼哭呢？」

新治像警察似地盤問。

沒料到少女竟爽快地回答說，事情原委是這樣的：燈塔長夫人為村裡有志的女孩舉辦一個集會，講授禮儀，她第一次參加這種集會，早到了，就想登上後山看看，沒想到竟迷路了。

這時候，鳥影從他們兩人頭上掠過。原來是隻游隼。新治認為這是吉兆。於是不靈的舌頭也自如起來，他恢復了平日男子漢的態度，建議說：他回家要經過燈塔，可以送她一程。

少女微笑了，卻無意將流淌下來的淚水抹掉，宛如雨中射出的陽光。

初江下身是黑色嗶嘰褲子，上身是紅毛衣，腳穿紅色天鵝絨襪子，登著木屐。她站起身來，一邊從屋頂的鋼筋水泥邊緣鳥瞰大海，一邊問道：

「這樣的房子是什麼建築物？」

新治走近邊緣，和她保持一定的距離。他回答說：

「原先是觀哨所，從這裡可望見炮彈飛到什麼地方。」

山巒遮擋著歌島的南側，沒有風絲。日光照耀下的太平洋，盡收眼底。懸崖的松樹下，聳立著被魚鷹糞染成白色的岩石角，靠近島的海，海底的海藻的茶色，使海面呈現一片黑褐色。新治指著一塊正被怒濤擊起的水花沖刷著的大岩石解釋說：

「那是黑島，據說有個叫鈴木的警察在那裡釣魚，被海浪捲走了。」

新治感到十分幸福，可是初江必須趕到燈塔長家的時刻逼近了。初江離開鋼筋水泥的邊緣，衝著新治說：

「我，該走了。」

新治沒有回答，臉上露出驚訝的神色。因為他發現身穿紅毛衣的初江的胸前，斜劃著一道黑線。

初江意識到了，她看了看自己的胸前，方才靠在鋼筋水泥邊緣的地方，正好沾上了一道黑色的污線。她低頭用巴掌拍了拍自己的胸脯。幾乎完全隱藏在堅挺支撐物裡的、在毛衣下微微隆起的胸脯被胡亂地拍打，微妙地搖晃起來。新治驚喜地注視著。在她拍打的巴掌中，乳房反而像逗著玩的小動物一樣。年輕人為這種運動彈力的柔軟所感動。那條黑色的污線被撣掉了。

新治率先從鋼筋水泥樓梯走下來時，初江的木屐發出輕輕的清澈聲音，在廢墟的四壁引起了回響。剛要從二樓下到一樓，新治背後的木屐聲戛然而止。新治猛然回過頭來。少女笑了。

「怎麼啦？」

「我黑，可你也夠黑的。」

「怎麼啦？」

「曬得夠黑的！」

年輕人無緣無由地笑了，他一邊走下樓梯，正想徑直走去，又折了回來。因為他忘記了背母親託付過要拿回家去的那些捆柴火。

從那裡通向燈塔的路，是新治回家必經之路。他背著一大捆松葉走在少女的前面，少女探問他的名字時，他這才第一次自報了姓名，然後他又趕忙補充了一句，求她不要把自己的名字，以及她和自己在這裡邂逅的事告訴別人。新治深知村裡人是多嘴多舌的。初江保證不告訴別人。避諱愛說閒話的村裡人最正當的理由，就這樣自然而然地使他們的邂逅變成了兩人的祕密。

下次相會的辦法，新治連想也沒想過。他只顧默默地行走，不覺間兩人來到了看得見燈塔的地方。年輕人告訴少女一條可以下到燈塔長官舍後方的捷徑，自己卻特意繞遠路回家，於是就在這裡和少女告辭了。

第五章

年輕人迄今過著雖是貧窮卻很安穩的生活，可是自從這天起，他竟受到一種莫名的不安所侵擾，落入了沉思。他總是耿耿於懷，覺得自己沒有任何優點是能吸引初江的心。自己除幼時出過麻疹，不知道什麼叫做病。這健康的體魄、能環遊歌島五圈的本領、自信不亞於任何人的力氣，似乎都不可能吸引初江的心。

從那以後，很難有機會遇見初江。每次打魚歸來，他總是瞭望海濱，偶爾即使認出她的身影，也由於她忙著幹活，連搭話的空隙也沒有。上次她那種獨自憑倚在堅固的木框「算盤」上眺望大海的情景再也不會遇上了。但有時年輕人想初江的事想苦了，就下決心不想了，可偏偏這時候，他在漁船返航的海濱的喧囂中，窺見了初江的身影。

城市少年首先是從小說和電影裡學到如何戀愛，可歌島的少年壓根兒就沒有可模仿的對象。因此新治從觀哨所到燈塔這段僅有兩人的寶貴時間裡，即使想起該做點什麼，也無法想像該做什麼。留下的只是痛失良機的悔恨。

雖說不是每年一次的祥月忌辰，但父親每個月一次的忌辰到來，全家齊聚一起去掃墓了。新治每天要出海打魚，於是挑選了出海前的時刻，同上學前的弟弟、手持香火和鮮花的母親三人從家裡走了出來。在這島上，即使無人在家，也不會發生偷盜之類的事。

墓地坐落在村莊盡頭連接海濱的低崖上。漲潮時，海水上升至低崖的緊下方。坑窪的斜坡上埋著無數的墓碑，有的墳碑由於沙地地基鬆軟而傾斜了。

天未明，燈塔那邊的天際卻已是吐白的時刻。面向西北的村莊和海港則還掩埋在黑夜中。

新治拎著燈籠走在前頭。弟弟阿宏一邊揉著惺忪的睡眼，一邊跟了上來，拽了拽母親的和服袖子，說：

「今天的便當，給我四個豆沙糯米飯團吧。」

「傻瓜，只給兩個。吃三個會拉肚子的。」

「不，給我四個嘛。」

為庚申日和祭祀祖先忌辰而做的年糕團像枕頭那麼大。

墓地上勁吹著寒冷的晨風。被島嶼遮擋著的海面一片昏黑，遠處的海面卻已染上了曙光。環繞伊勢海的群山清晰可見。拂曉微明中的墓碑，恍如無數停泊在繁華的海港裡的白帆船。那是不會再鼓滿風的帆、休息過長時沉重地垂下來並完全化為石塊的帆。把錨拋入黑暗的地底，深深地扎進去再也拽不起來了。

來到父親的墓前，母親把花插上，劃了好幾根火柴都被風吹滅，好不容易才將香火點燃了。然後，她讓兩個兒子叩拜，自己則在兒子們的後面叩拜、哭泣。

村子裡一直流傳著這樣一句話：「不許女人與和尚上漁船。」父親死時的船，就是犯了這個禁忌。有個老婆婆死了，合作社的船載著這具屍體到答志島去驗屍，船兒從歌島駛到約莫三英里的地方，遇上了B24艦載飛機。飛機投彈，接著機槍掃射。這天，輪機手不在，替代的輪機手不熟悉船隻的機器性能。停泊時發動機冒出的黑煙，成為敵機轟炸的目標。

船上的導管和煙囪被炸裂，新治的父親的頭部從耳朵以上也被炸得血肉模糊。另一人眼睛挨炸，當場斃命。還有一人腿部受傷。一個被削去臀部肌肉的人出血過多，不久便死亡了。

甲板上、船底裡都成了血池。石油槽被擊中，石油漫到血潮上。因此，沒能採取匍匐姿勢的人腰部被擊傷。躲在船首倉的冷藏庫的四人得以倖免於難。一人不顧一切地從瞭望塔的背窗穿過去，逃跑了，可是折回來之後，想再次從這小圓窗鑽出去，卻怎麼也鑽不出去了。

就這樣，十一個人當中有三個人喪生。儘管如此，蓋著一張粗草席橫躺在甲板上的老太婆的屍體卻沒有被擊中一發子彈。

「捕撈玉筋魚的那時候，老爸實在太可怕了。」新治回頭看了看母親說。「我幾乎每天都挨打，簡直連消腫的工夫都沒有吶。」

捕撈玉筋魚是在七公尺深的淺海進行操作，要有很高超的捕魚技術。要模仿海鳥追尋海底魚的捕魚法。這種捕魚法使用綁上鳥羽毛的柔韌的竹竿來進行，還要憋足一口大氣。

「是啊。就是漁夫捕撈玉筋魚，也要很棒的體力來幹吶。」

阿宏覺得哥哥與母親的對話與己無關，他只顧夢想著十天後的修學旅行。哥哥在弟弟這個年紀的時候，由於家境貧寒，無錢參加修學旅行，這回哥哥可以用自己掙來的錢，給弟弟積攢旅費了。

一家人掃完墓，新治獨自一人朝海濱的方向走去，因為他必須做好漁船出海的準備工作。母親則回家把便當取來交給準備出海的新治。

新治急匆匆地來到太平號時，來往的人的話聲，隨著晨風吹進了他的耳朵。

「聽說川本家的安夫要當初江的入贅女婿啦！」

聽了這句話，新治黯然神傷了。

這一天，太平號還是在捕撈章魚中度過。

直到漁船歸港的整整十一個小時裡，新治幾乎一聲不言，只顧拚命地捕魚。他平日就訥訥寡言即使不開口說話也沒引人注意。

漁船返港後，像往常一樣與合作社的船兒接上頭，將章魚卸下，其他的魚通過中間商轉手賣給號稱「買船」的個體魚販。過秤時，金屬籠子裡的黑鯛魚，在夕陽的輝映下熠熠生光地蹦跳著。

帳目每十天結算一次。就在這天，新治和龍二跟隨師傅來到合作社辦公室。這十天裡總收獲量是一百五十多公斤，從中扣去合作社的手續費、先行扣下百分之十的儲蓄存款，以及損耗貸款，純收益是二萬七千九百九十七圓。新治從師傅手裡得到四千圓回扣。這時期，捕魚旺季已過，這可算是一筆不錯的收入。

年輕人用粗大的手，拿著鈔票，舔了舔手指，仔細地清點著，之後把鈔票裝入寫上名字的紙袋，深深地揣入工作服的內兜裡。然後他向師傅施禮致意，就從合作社走了出來。師傅與合作社主任圍在火爐邊，欣賞著各自親手用海松木製作的菸嘴。

年輕人本來打算逕直回家，他的腳步卻自然地向黃昏籠罩下的海濱移去。

海灘上剩下最後一艘被拖上來的船。操作絞車的男子、幫忙拽纜繩的男子，為數不少。兩名婦女把「算盤」木框墊在船底往上推。一看就像進展不大順利。海濱天色漸黑，也看不見前來幫忙的中學生的身影。新治心想：是不是去幫他們一把呢。

這時，其中一名把船往上推的婦女，抬起頭來，瞧了瞧這邊。是初江。新治不想看一眼這個從今早起就令自己黯然神傷的少女的臉。可是，他的腳還是移過去了。她那張臉——冒著汗的額頭、泛起紅潮的雙頰、凝視往上推船方向的烏黑而晶瑩的雙眸——在昏暗中燃燒著。新治無法將視線從這張臉上移開。他默然地抓住纜繩。操作絞車的男人向他招呼了一聲「你好」。新治的腕力非同凡響。船兒立即滑過沙灘，拖了上來。少女趕忙手持「算盤」木框跑到了船尾。

船兒拖上來以後，新治頭也不回地向自己的家走去。其實他是想回頭瞧瞧的，卻又強忍住了。

打開拉門，像平時一樣看見展現在昏暗的煤油燈光下的自己家發紅了的榻榻米。弟弟趴在燈光下讀著新發的教科書。母親忙著廚房的活計。新治穿著長統膠靴，上半身仰躺在榻榻米上。

「你回來了！」母親說。

新治喜歡一聲不吭，隨手將裝錢的小包遞給母親。而母親自然心領神會，會佯裝忘記當天是該領十日收入的日子。因為她知道兒子希望看到她驚訝的神情。

新治將手伸進工作服內兜裡。沒有錢。他又將手探進另一邊的兜裡。再將手探到褲兜，甚至伸進褲子裡摸了摸。

肯定是丟在海灘上了。他一言不發拔腿就跑出去了。

新治跑開不久，有人來訪。母親走到門口，只見外面的昏暗中站著一名少女。

「新治君在家嗎？」

「他剛回來又出去了。」

「這是我在海灘上撿到的。上面寫著新治的名字，所以……」

「啊！太感謝啦。新治大概是出去找這個了吧。」

「我去告訴他。」

「是嗎。那就謝謝啦。」

海濱天色已完全變黑。答志島、菅島的微弱的燈火在遠處的海面上閃閃爍爍。靜悄悄的無數的漁舟在星光下排成一列，很有氣勢地將船頭面向大海。

初江望見了新治的身影。剛一望見，卻又隱沒在船後頭了。而新治一直在低頭尋找，似乎也沒看見初江的身影。多虧有艘船，兩人正好往那邊去便相遇了。年輕人茫然地佇立著。

少女說明緣由，來告訴他，她已經把錢送到他母親的手裡了。她還說她曾向兩、三個人打聽了他的地址，為了避免別人猜疑，她一一讓他們看了裝著錢的紙袋。

年輕人鬆了口氣。他微笑露出來的潔白牙齒，在黑暗中顯得更美了。少女急匆匆地趕來，氣喘吁吁，胸脯激烈地起伏。新治不由地想起海面湛藍而洶湧波浪的起伏。今早那股痛苦的憂慮解除了，勇氣又復甦了。

「聽說川本家的安夫要去當入贅女婿，是真的嗎？」

這個詢問從年輕人的嘴流利地吐了出來。少女笑了。笑得止也止不住，還嗆到了。新治本想制止她笑，但她還是止不住地笑。他把手搭在少女的肩上。本來並不是很使勁，可是初江卻頹然地坐在沙灘上了。她仍然笑個不停。

「怎麼啦？怎麼啦？」

新治在她身邊蹲了下來，搖晃著她的肩膀。

少女好不容易才從大笑中清醒過來，從正面認真地凝視著年輕人的臉，又笑了起來。新治探頭問道：

「是真的嗎？」

「傻瓜。這是胡說。」

「可是，確實大家都這麼傳的。」

「全是胡說。」

兩人抱膝坐在船隻的背陰處。

「啊，真難受。笑得太厲害了，這裡可難受了。」少女按了按胸口。她穿著的斜紋嗶嘰工作服都褪了色，只有胸脯部分的條紋激烈地起伏著。

「這裡好痛！」初江又說了一遍。

「不要緊吧？」

新治說著不由自主地把手伸了過去。

「幫我按壓一下會舒服些。」少女說。

新治的心臟急迅地跳動起來。兩人臉頰貼得很近。彼此都強烈地嗅到各自猶如海潮氣味般的體味，感覺到對方的體溫。乾裂的嘴唇相互碰觸，多少帶點鹹味兒。新治覺得自己就像海藻。這一瞬間之後，年輕人對有生以來第一次的體驗有點愧疚，便放開她的身體，站了起來。

「明兒打魚回來，我把魚送到燈塔塔長家裡。」

新治只顧眺望著大海，重整威嚴，十分男子氣概地宣布說。

「我也會在你之前到燈塔長家去。」女孩也直視著大海如是說。

兩人分別在船隻的兩側行走。新治準備從這裡逕直走回家去，他注意到少女的身影沒有從船兒的後面出現。但從投在沙灘上的影子，他知道少女躲藏在船尾了。

「你的影子露出來啦！」年輕人提醒說。

於是，他望見穿著粗條紋工作服的少女的身影，活像野獸一般地從那裡跳了出來，往海濱對面的方向，連頭也不回地一溜煙跑遠了。

第六章

翌日，新治打魚歸來，手裡拎著兩尾用稻草穿鰓串起的五、六寸長的虎頭魚，向燈塔長官舍走去。到了八代神社後邊，他想起還沒有禮拜神靈，感謝神靈的恩賜，便繞到正面，虔誠地頂禮膜拜起來。

參拜過後，他眺望著早已籠罩上月色的伊勢海，作了深深的呼吸。朵朵雲彩恍如古代眾神，浮現在海面的上空。

年輕人感到包圍著他的豐饒自然與自身，是一種無上的調和。他覺得自己的深呼吸，是仿造自然、肉眼看不見的東西的一部分，它深深滲透到年輕人的體內深處，他所聽見的潮騷，彷彿是海的巨大潮流，與他體內沸騰熱血彼此合鳴了起來。新治平日並不特別需要音樂，但自然本身一定充滿著音樂的需要。

新治把虎頭魚拎到齊眼高，朝著長著刺的醜陋魚頭，伸了伸舌頭。魚兒顯然還活著，但牠一動也不動。新治捅了一下魚下巴，其中一尾在空中躍動了一下。

這樣，年輕人惋惜著這幸福的幽會來得太早，便慢騰騰地走了。

燈塔長和夫人對新來的初江抱有好感。他們原以為她寡言，不會招人喜歡，而她卻笑逐顏開像個天真浪漫的女孩；原以為她木訥，卻十分機靈。學習禮儀會快散的時候，其他人都沒注意到，可初江卻快手收拾起伙伴們喝過的茶碗，並收拾乾淨，還幫忙夫人洗洗涮涮。

燈塔長夫婦的女兒在東京上大學。只有學校放假的時候，她才回家。平日老兩口總是把經常來訪的村裡的女孩們當作親生女兒看待，真心關懷她們的境遇，把她們的幸福看作自己的幸福，感到由衷的高興。

已經度過三十年看守燈塔生活的燈塔長，有著一副頑固的風貌，常常喊聲如雷地怒斥悄悄潛入燈塔內探險的頑皮村童。因此孩子們都很害怕他。可是，他卻是一個心地善良的人。孤獨使他完全失去了認為人有惡意的心情。在燈塔裡最佳的款待莫過於客人來訪。無論在哪裡遠離人群的燈塔，從千里迢迢來訪的客人，理應不會懷有惡意。再說，來客受到坦誠的被視為稀客的款待，縱然懷有惡意，任誰也會打消壞念頭的。事實上，正如他常說的：「惡意無法像善意那樣走遠路。」

燈塔長夫人也確是個好人。過去曾擔任過鄉下女校的教師，再加上長期看守燈塔的生活，養成了讀書的習慣，成為萬事通，活像部大百科全書。連史卡拉歌劇院是在意大利的米蘭，她都知道。東京的女影星最近在什麼地方把右腳扭傷了，她也知道。在辯論的時候，她能辯贏她的丈夫，之後她又專心替丈夫縫補布襪子，準備晚餐，如此等等。每次客人來訪，她都滔滔不絕，談個沒完。村裡有的人對這位夫人的能言善辯都聽得入迷，把她與自己寡言的妻子相比，對燈塔長寄予愛管閒事的同情。不過，燈塔長是很尊敬妻子的學識的。

官舍是三間平房。所有地方都像燈塔內部一樣，收拾得乾乾淨淨，擦拭得一塵不染。柱子上掛著輪船公司的日曆，飯廳地爐的灰，總是弄得清潔而平整。客廳的一角上，女兒不在時，書桌上照樣擺設著法國洋娃娃，青色玻璃製的空的置筆盤在閃閃發光。使用燈塔的機油殘渣代替煤氣作為燃料的鐵鍋澡盆，也安設在房子的後面。與骯髒的漁家不同，這裡連廁所門口的手巾也是剛洗好的、靛藍色還很清新。

一天的大半時間，燈塔長是坐在地爐旁，叼著黃銅菸桿，吸著新生牌香菸。白天裡，燈塔死一般的沉寂。只有年輕的燈塔員在值班小屋裡填寫船舶經過的報告紀錄。

這一天，時近黃昏，也不是什麼例行聚會的日子，初江手裡拿著用報紙包裹的一包海參禮品前來造訪。她那深藍嗶嘰裙下面，穿著肉色的長棉襪子，然後再套上一雙紅色短襪。毛衣還是那件常穿的紅毛衣。

初江一進門，燈塔長夫人立即用坦率的口吻說：

「初江，穿深藍色裙子的時候，最好是穿黑襪子。你不是有黑襪子嗎？記得有一回你來時也穿過的嘛。」

「嗯。」

初江臉上飛起淡淡的紅潮，在地爐旁坐了下來。

諸事快將辦完的時候，夫人也坐在地爐旁，她先用不同於在例會上講授的口吻聊了起來。一看見年輕女孩，她就從一般的戀愛觀談起，乃至探門「你有意中人嗎？」有時連燈塔長看見少女忸忸怩怩，也會提出一些難以回答的問題。

已近黃昏，燈塔長夫婦竭力挽留少女一起用晚餐。初江卻回答老父親一人在家等候，所以得回家去。說著她主動幫忙燈塔長夫婦備好了晚餐。她自己連早先端上的點心也沒有吃，只是低下緋紅的臉，走進了廚房，精神就振作起來了。她一邊切海參，一邊哼著昨天剛從伯母那裡學會的、本島流傳的盂蘭盆會上跳的伊勢舞曲。

……

衣櫥、衣箱、旅行箱，

送給女兒做嫁妝，

不要指望再還回。

啊！母親。這太勉強，
東邊天陰或許會刮風，
西邊天陰或許會下雨，
連運載糧食萬斗的船，
一不順風，嘿嘿！
出了航也得折回。

……

「哎喲，我來這島上已經三年了，還沒學會這首歌，初江卻學會了。」夫人說。
「哦，它很像老崎那邊的歌嘛。」初江說。
這時，漆黑的戶外傳來了腳步聲，從黑暗處聽見了招呼聲：「您好！」
夫人從廚房門口探出頭來。
「這不是新治嗎？……喲，又送魚來了，謝謝。孩子她爹，久保又送魚來了。」
「總讓你費心，謝謝。」燈塔長沒有離開地爐旁，說：「進來吧，新治。」
就在你一言我一語的時候，新治和初江互相交換了眼色。新治微笑了。初江也微笑了。
夫人冷不防地回過頭來，瞧見他們兩人的微笑。

「你們彼此認識呀。唔，村子不大，這樣反倒好。新治，請進屋裡來……哦，千代子從東京來信了，還特地問新治好呢。千代子是不是喜歡新治了呢？快放春假了，她會回來的，到時來玩兒吧。」

這席話完全挫傷剛打算進屋裡來的新治的銳氣。初江面著廚房的水槽，再也不回過頭來。年輕人又退回到薄暮中，經多次挽留，他也沒有進屋裡來，就在遠處施了一個禮，轉過身子走回去了。

「新治真靦腆，孩子她爹。」

夫人止不住地笑著說。這獨自的笑聲響徹整個屋子。燈塔長和初江都沒有搭話。

新治在女人坡的轉角處等候初江。

一拐過女人坡，燈塔四周的薄暮就變成還殘留著微明的日落時分的夕照餘輝。松林後面，一片漆黑。眼前的大海卻還輝映著落日最後的殘照。今天一整天，一早刮起的東風吹遍了全島，到了黃昏時分，這風也沒有讓人有痛膚徹骨之感。拐過女人坡，連風絲也沒有了，只見薄暮沉靜的光芒透過雲端的縫隙流瀉了下來。

大海對面的一側延伸著瀕臨歌島港的短短的岬角，岬角的尖端是斷續的，好幾塊岩石劈開白浪高高地聳立著。岬角附近格外明亮。山頂上挺立著一株赤松，樹幹沐浴著夕陽的餘輝，輪廓分明地映現在年輕人的視野裡，映現在他的俊秀的目光裡。突然間，樹幹失去了光澤。於是，仰望天空的雲層，黑壓壓一片。星星在東山的盡頭開始閃爍。

新治站在岩石的一角上側耳傾聽，他聽見了細碎的腳步聲。這是從燈塔長官舍正門前的石階走下來，並從石板路上朝這邊走來的腳步聲。他很調皮，準備躲藏在這裡嚇唬初江。但是，當可愛的腳步聲愈來愈近的時候，他卻擔心少女害怕，反而吹起口哨，讓她知道自己的所在。口哨是吹著方才初江所唱的伊勢舞曲的一節。

……
東邊天陰或許會刮風，
西邊天陰或許會下雨，
連運載糧食萬斗的船，
……

初江繞過女人坡走過來。她彷彿沒有發現新治就在那裡，以同樣的步調走了過去。新治緊追在她的後面喊道：

「喂！喂！」

儘管他叫喊，少女並沒有回頭。年輕人無奈，只好默然地跟隨在少女的後面。道路被松林籠罩，又漆黑又險峻。少女藉著小手電筒的光柱照亮前方，步子變得緩慢，新治不知不覺地走在她的前面了。隨著輕輕的叫喚聲，手電筒的亮光像騰飛的小鳥，倏地從樹幹飛到了樹梢。年輕人機警地回過頭來。他馬上把摔倒的少女抱了起來。

雖說是四周的情況迫使年輕人這樣做，但他對剛才的埋伏、吹口哨打信號以及跟蹤等舉動，活像幹了不良行為似的形象，深感愧疚。於是，他扶起初江後，沒有演變成重溫昨天那樣的愛撫，而是像兄長般的親切，把沾在少女身上的泥土撣掉。因為沙地泥和砂摻半且很乾，一撣就落下。幸虧她沒有受傷。此時，少女活像個孩子，把手搭在年輕人的壯實的肩膀上，直勾勾地凝視著他。

初江尋找從她手中掉落的手電筒。它就橫躺在兩人背後的地面上，展開淡淡的扇形的亮光。在這亮光中鋪滿了松葉，島上的深沉暮色包圍著這一丁點朦朧的光。

「在這呢。我摔倒的時候，它大概飛到我背後去了吧。」少女快活地笑著說。

「你剛才生什麼氣呀？」新治認真地問道。

「千代子的事唄。」

「傻瓜！」

「真的沒什麼嗎？」

「什麼事也沒有。」

兩人並肩走著，手裡拿著小手電筒的新治活像個領航員，一一指點著難走的路。沒有話題，不愛說話的新治訥訥地說開了：

「我真想有朝一日能用幹活攢到的錢買艘機帆船，和弟弟兩人運輸紀州的木材和九州的煤啊。這樣就可以讓我母親生活得快活些，將來我老了也要回到島上來，過過舒坦的生活。我無論航海到哪裡，都忘不了島上的事。我覺得島上的景色是日本最美的（歌島上的人都這樣確信）。還有，我們大家要齊心協力讓島上的生活比哪兒都充滿和平，比哪兒都充滿幸福。不然，誰也都不會想起海島的事囉。無論時局如何，太壞的習氣傳到這島上來之前，都會消失的。要知道，大海只會送來島上需要的正直的好東西，保護留在島上的正直的好東西啊！所以這島上一個小偷也沒有。它任何時候都會培育出真誠的、經得起認真勞動考驗的、有所用心的、言行一致的愛、勇氣和毫不懦怯的男子漢來的。」

當然，這些話是斷斷續續地說出來的，條理並不是那麼清晰。儘管如此，年輕人罕見地能言善道，簡要地向少女作了說明。初江沒有作答，卻一味點頭。她沒有露出絲毫厭倦的神態，表情裡洋溢著真誠的共鳴和信賴。新治深感高興。這樣誠摯的交談結果，年輕人不想讓對方認為自己不正經。他特意地省略了曾向海神禱告的最後一句重要的話。沒有任何東西妨礙他們兩人了，連道路也被綿延不斷的樹木的茂密影子所籠罩，但這回新治連初江的手也沒有握到，更何況接吻，是想也沒有想過啊。昨日傍晚在海灘上的偶然事件，簡直不像是出自他們的意志，而像是為一種外在的力量所驅使，這是意想不到的。怎麼會發生這樣的事情呢，實是不可思議。他們好不容易才相約下次漁休日下午在觀哨所會面。

他們經過八代神社的後面時，初江首先輕輕地嘆了口氣，然後止住了腳步。新治也跟著止住了腳步。

原來，村子一齊燃亮了燈火。那派景象簡直像無聲輝煌的祭祀開端，所有窗戶都流瀉出了不像是煤油燈的發黃燈光，是閃爍著堅定璀燦的光。村子恍如從黑夜中甦醒，浮現了出來。因為故障多時的發電機已經修好了。

兩人在進村之前道別了。初江獨自從許久沒有走過的室外燈光照耀下的石階走了下去。

第七章

新治的弟弟阿宏修學旅行出發的日子來臨了。周遊京阪地方六天五夜。迄今未離過島的少年們，可以親眼一睹廣闊的外部世界。從前，有的小學生到日本本島修學旅行，第一次看見老式馬車就瞪大眼睛喊道：

「嘿，大狗拉茅廁跑哩！」

海島的孩子是通過課本上的圖畫和解說，替代實物而首先學習概念的。電車、高層建築物、電影院、地鐵等，都只是從想像中創造出來的，這是多麼困難啊。但是，這回一旦接觸實物後，產生新鮮的驚奇之餘，原先的概念便明顯地變得無用了。在島上度過漫長的生涯，想也沒有想過現在都市的馬路，會出現如此喧鬧的來來往往的電車之類的玩意兒。

一到修學旅行，八代神社就售出了許多護身符。母親們覺得孩子們去自己未曾到過的大都市，簡直像是要去做一次決死的大冒險。儘管在他們每天的謀生中、在他們身邊周圍的大海裡，時刻都潛伏著死亡和危險，可是……

阿宏的母親豁出錢來買了兩只雞蛋，把它燒得很鹹，做成一個盒飯。還將牛奶糖和水果深藏在書包裡，不讓他人輕易找到。

惟有這天，神風號聯運船特別在下午一點從歌島出發。這艘輪船載重不足二十噸，頑固而老練的船長本來對這種例外的作法大為不滿，可是這年他知道自己的孩子去修學旅行，船過早抵達鳥羽，為了等候火車，消磨時間就得花錢，於是才勉強接受了學校的建議。

神風號的船艙和甲板上，擠滿了把水壺和書包交叉在胸前的學生。帶隊老師對擠滿碼頭的母親們感到害怕。在歌島村，母親們的意向可以左右老師的地位。有個老師被母親們打上了共產黨的烙印，結果被攆走了。可是，有個很有人緣的男老師，即使同女教師生了私生子，也能晉升為代理教務長。

大好春光的一個晌午，輪船徐徐啟動，碼頭上的母親們各自呼喊孩子的名字。把帽帶繫在顎下的學生們，估計輪船已經駛到碼頭上的人分辨不清他們的臉龐的時候，就衝著海港開玩笑地高喊：「傻瓜！」「嘿，笨蛋！」「糊塗蟲！」滿載著身穿黑色制服的學生船隻，把徽章和金釦的閃光移向了遠方。阿宏的母親坐在連白天也很昏暗、靜悄悄的家中的榻榻米上，想起兩個兒子不久就要扔下自己出海，便潸然淚下。

神風號泊在珍珠島旁的鳥羽港深水碼頭，讓學生下了船，又恢復了它原先那種悠閒的帶鄉土氣的風采，開始做返航歌島的準備。人們往古老的蒸氣煙囪澆水，水影在船首裡側和吊在棧橋的大魚籠上搖曳。用白漆在灰色外壁上書寫著一個「冰」字的倉庫，瀕臨著大海。

燈塔長的女兒千代子拎著手提包，站立在碼頭的盡頭。這個性情孤僻的姑娘，闊別許久才回到島上來，她討厭與島上的人們攀談。

千代子沒有施脂粉，身穿樸素的深褐色西服裙，更加不顯眼了。她的這副容貌並不引人注目，但輪廓粗獷而明朗，也許對一些人會有魅力呢。雖然如此，千代子卻經常露出一副憂鬱的表情，固執地考慮自己不美的問題。眼下，她最明顯的成就，就是在東京接受大學教育，是個有「教養」的人。但是，人們常以貌相人，如此深思其貌不揚，也許同深思其貌標致是同樣過分的吧。

父親是個老好人，不知不覺又助長了千代子這種陰鬱的執念。因為女兒總是公開露出她對於過分繼承父親的遺傳、其貌不揚而感到傷心。所以有時候，誠實的燈塔長明知女兒在鄰室，他也對客人抱怨一番，說：

「唉，真是的，年輕女孩為其貌不揚而苦惱，也是因為我這個做父親的長相太醜的緣故，我感到有責任啊。不過，也許是命運吧！」

有人拍了拍千代子的肩膀，千代子回過頭來。穿著鋥亮的皮工作服的川本安夫笑著站在她面前了。

「歡迎你回來。放春假了嗎？」

「嗯。昨天剛考完試。」

「回來吮媽媽的奶水啊！」

安夫受父命，前天來到津縣衙門辦理合作社的事，投宿在鳥羽的親戚經營的一家旅館裡，現在正想乘這艘船返回歌島。他最滿足的，就是能用標準語與東京的女大學生對話。從這個善於交際的同齡人的言談舉止，千代子感覺他十分自晦，他肯定是認定「這女生對我有意思哩」。有了這種感覺，她就愈發無精打彩，心想：又來這一套！千代子在東京受到電影和小說的影響，很想看看——哪怕是一次——男人說「我愛你」時的眼睛表情。然而，她逐漸覺得這種事是一生無法看到的。

神風號輪那邊傳來了嘶啞的呼喊聲：

「喂，坐墊還沒有拿來呢。瞧啊！」

轉眼間，只見一個漢子肩上扛著一個籠罩著大半個倉庫影子的蔓草花紋大坐墊包，從碼頭另一頭走了過來。

「已經到開船的時間啦！」安夫說。

從碼頭跳上船的時候，他握住千代子的手跳了過來。千代子感到這隻鐵一般的手掌，與東京的小伙子的手掌不同。她從這隻手掌，想像著尚未與她握過一次手的新治的手掌。

從小天窗式的入口往船艙窺視，只見人們橫躺在昏暗的艙內的榻榻米上的姿影、脖頸圍著白毛巾、眼鏡的反射，映在習慣於室外光線的眼睛裡，更加顯出深沉的積澱。

「還是待在甲板上好啊。雖然有點寒意，也比船艙好啊。」

安夫和千代子剛靠在船橋裡側繞著的纜繩坐下來避風，那個魯莽年輕的船長助手就說：

「喂，請抬抬屁股！」

說罷，年輕助手從兩人的屁股底下把木板拽了出來。原來兩人坐在用來遮擋船艙入口的蓋板上了。

船長在剝落了油漆而露出木紋的船橋上鳴鐘。神風號輪啟航了。

他們兩人眺望著遠方的鳥羽港，任憑陳舊的發動機的震顫。安夫本想向千代子透露一些自己昨晚偷偷嫖女人的事，可轉念一想又作罷了。要是在一般的農漁村，安夫嫖女人倒可以成為自豪的本錢，然而在這清淨的歌島，他就噤若寒蟬。他年紀輕輕，卻擺出一副偽善的架勢。

千代子看見海鷗往比鳥羽站前的纜車鐵塔更高的地方飛去的瞬間，心裡就暗暗下了賭注。她悄悄地盤算著，在東京沒有遇上任何冒險的事，所以每次回到島上，總希望自己能遇上徹底改變世界的事情。船愈是遠離鳥羽，她就愈覺得任何低徊飛翔的海鷗，要越過遠方小小的鐵塔，都是毫不費事的。然而，鐵塔依然高高地聳立著。千代子把眼睛移近紅皮表帶的手表的秒針上。她心想：「再過三十秒鐘，海鷗要是飛過鐵塔，那美好的事情就會等待著我。」……五秒過去了。一隻緊追著輪船飛過來的海鷗突然高飛，它的翅膀越過鐵塔，振翅飛遠了。

千代子趁別人還沒有猜疑自己的微笑時，開口說道：

「島上是不是發生什麼變化了？」

輪船在前進，左側已經看見坂手島。安夫把快燒到嘴唇的短短的菸蒂摁在甲板上掐滅後，答道：

「沒有發生什麼特別的事情……哦，對啦，十天前，發電機發生了故障，村裡只好點煤油燈。現在已經修好了。」

「我媽媽來信也談到了。」

「是嗎。至於其他新聞嘛……」

在洋溢著春光的大海的反射下，他瞇起了眼睛。海上保安廳的純白色的鴨號艇，從距他們十公尺遠的地方，向鳥羽港駛去了。

「對了。宮田照大爺把女兒叫回來了。她叫初江，長得格外標致啊。」

「是嗎。」

一聽到「格外標致」這幾個字，千代子頓時面帶愁容。因為單憑這句話，聽起來就像是對自己的非難。

「照大爺很喜歡我。因為我排行老二，村裡人都說我最適合做初江家的入贅女婿哩。」

神風號輪行駛不久，右側看見菅島，左側看見巨大的答志島的景觀。就是在平靜的日子裡，輪船一駛出雄峙著兩島的海域，就會遇上驚濤駭浪，把船板搖晃得吱吱作響。從這一帶始，魚鷹不停地在波濤中遨遊。還可以看到大洋中屹立著岩群的暗礁，安夫看見這些暗礁，就皺起眉頭，把視線從歌島這唯一使人感到屈辱的回憶中移開了。因為自古以來，每次爭奪，年輕人都要為之流血的暗礁的漁業權，如今已劃歸答志島了。

千代子和安夫站起身來，越過低矮的船橋，等待著海面出現的島影。歌島經常從水平線上露出朦朧的、神祕的頭盔似的形狀來。輪船隨海浪傾斜，頭盔也隨之傾斜。

第八章

漁休日姍姍來遲。阿宏參加修學旅行的翌日，暴風雨襲擊全島，才被迫停止出海。島上為數不多的櫻樹剛剛綻開的蓓蕾，被這場暴風雨全打落了。

前一天，不合時宜的濕潤的風，不斷地吹拂著。奇妙的晚霞，籠罩著天空。大浪洶湧，海濱傳來了陣陣呼嘯聲。海蟑螂、甲殼蟲都拚命地爬上高處。半夜裡，狂風夾著暴雨刮了起來。悲鳴和恍如笛子的聲音，從海上、空中傳了過來。

新治在臥鋪裡聽見了這種聲音，才明白今天是漁休日。這樣，就無法修理漁具和搓網繩，青年會也無法開展捕鼠作業了。

心地善良的兒子哪會忍心把身邊正在打鼾的母親搖醒呢。他依然躺在臥鋪裡，一心等著窗口的發白。房子劇烈搖晃，窗戶咯咯作響。不知從哪兒傳來了馬口鐵板倒塌的尖銳的響聲。歌島的房子不論是大戶人家，還是新治家這樣的小平房，都是一樣的布局，進門上間的左側是廁所，右側是廚房。暴風雨肆虐的時候，只有靜靜地飄蕩著一種氣味，支配著整個黎明前的黑暗，那就是煙熏的、冰冷的、瞑想的那種廁所的氣味。

面對鄰居家土倉庫牆壁的這扇窗，遲遲才開始發白。他仰望著刮在屋檐下的順著濕漉漉的玻璃窗流淌下來的暴雨。直到剛才，他還憎恨剝奪了他勞動的喜悅和收入這兩樁事的漁休日，現在卻又覺得漁休日像是盛大的節日。不過，這不是由碧空、國旗和光燦燦的金珠子裝飾起來的節日，而是由暴風雨、怒濤和搖樹如虎嘯的勁風裝飾起來的節日。

年輕人等得不耐煩，從臥鋪上跳起來，套上到處開了洞的黑圓領毛衣，穿上了長褲。一忽兒，睜開眼睛的母親，看見微明的窗前站著一個男人的黑影，便喊叫起來：

「喂，是誰？」

「是我。」

「別嚇唬人！今天這種暴風雨天，還出海打魚嗎？」

「不，是漁休日。」

「既然是漁休日，多睡一會兒不好嗎？什麼呀，我還以為是陌生人。」

睡眼惺忪的母親最初的印象應驗了。她的兒子實際上看起來就像個陌生男子。平素難得啟齒的新治，竟大聲唱起歌來，還揪住門框做競技體操的動作。

母親責備這樣會把房子弄壞的。她不了解箇中原因，還抱怨說：

「屋外鬧暴風雨，屋裡也鬧暴風雨啦！」

新治看了好幾回被煙熏黑了的掛鐘。不習慣猜疑的這顆心，從未曾懷疑過女子遇上這暴風雨天還會不會守約。年輕人的心缺乏想像力，他壓根不知道，不安也罷，欣喜也罷，想像力會擴大這一切，使它變煩雜；也不知道用於消磨憂鬱餘暇的方法。

他沒有耐心再等下去，於是披上橡膠雨衣，來到了海邊。因為他覺得彷彿只有海才會回答他那無言的對話。激浪高高地湧上防堤波，發出驚人的轟鳴，爾後又崩潰了。根據昨晚的暴風雨特別警報，所有的船隻都被拖到比平時更高的地方了。波浪翻滾的界線，出乎意料地逼近過來，海港內部在巨浪退下時，水面陡斜，幾乎露出了底。浪花夾雜著雨點，從正面拍打在新治的臉上。飛濺在熱辣辣的臉上、順著鼻梁淌下的雨水，帶上一股濃烈的鹹味，使他回想起初江嘴唇的滋味來。

雲朵迅速飄流，昏暗的天空急遽變化，時明時暗。蒼穹深處偶然也露出包含著不透明的亮光的雲層，彷彿預感到晴天的到來。但是，很快又消失了。新治凝神仰望著天空，不知道波浪沖到了他的腳邊，把他的木屐帶也濡濕了。一片美麗的桃色小貝殼落在他的腳邊上。大概是方才那股浪潮把它沖上來的吧。年輕人拾起來看了看，形狀完整，連纖細的薄邊也無破損的痕跡。他想把它作為禮物，放進了衣兜裡。

午餐過後，他立即做好外出的準備。母親一邊洗涮餐具，一邊凝視著又要走到暴風雨中的兒子的姿影。她沒敢詢問兒子上哪兒，因為兒子的背影似乎充盈著一股不容她質問的力量。她後悔自己沒有生個能呆在家裡幫忙幹家務活的女兒。

男人出海打魚，乘上機帆船，把貨物運送到各個港口。女人則同這種廣闊的世界無緣，她們只能燒飯、汲水、採海藻，夏天到來就潛水，潛到了深海底。母親在海女中也算是老練的，她知道海底的昏明世界是婦女的世界。白晝也昏暗的家中、黑暗的分娩痛苦、海底的微暗，這一切都是她相熟的世界。

母親想起前年夏天，有個婦女和自己一樣，是個寡婦，她有個吃奶的兒子，自己身體孱弱，從海底採完鮑魚上來，在篝火旁烤火的時候，猝然倒下。她翻著白眼，緊咬著紫青的嘴唇死去了。黃昏時分，在松林裡焚燒她的屍體時，海女們悲傷之餘，連站都站立不住，跪倒地上，痛哭不已。

於是，奇怪的謠傳四起，說什麼出現了一個害怕潛水的女人。是死去的女人在海底看見了不應看到的可怕的東西，所以遭報應了。

新治的母親嘲笑這種謠傳，愈發潛入深海底，她的捕魚比誰都豐收。對於未知的東西，她是決不會自尋煩惱的。

……回憶起這些往事，她也不那麼傷心。她天生性格爽朗，有值得自豪的健康體魄，她和兒子一樣，被戶外的狂風暴雨喚醒了愉快的心靈。她把碗碟洗乾淨後，在吱嘎作響的窗戶的微亮下，掀起衣服的下襬，仔細端詳自己那雙露出來的大腿。這雙曬得黝黑的結實的腿，沒有一絲皺紋，明顯隆起的肌肉，放射出近乎琥珀色的光澤。

「憑這副身子，我還能再生三、五個孩子啊！」

她的腦子閃過這種念頭，那顆貞潔的心頓時震顫起來，於是她趕緊整了整衣著，叩拜了丈夫的靈牌。

年輕人在去燈塔的上坡道上，雨水形成了一股奔流，沖刷著他的腳。松樹在低吟。他覺得穿長統膠靴走路艱難，沒有打傘，雨水順著他的分頭流進了他的領窩。但他依然迎著暴風雨繼續攀登。他倒不是要反抗暴風雨，而是恰恰相反，彷彿要弄清他的這股靜靜的幸福感，是與靜靜的大自然有著密切的關聯的。此刻，他感到自己內心這種對大自然的躁動，有著一種無以名狀的親近感。

他從松林縫間鳥瞰著大海，白浪悠悠，後浪推前浪地滾滾而去。連岬角尖端高大的岩石，也不時被波濤覆蓋了。

拐過女人坡，就看見燈塔長官舍的平房，閉上所有的窗戶，垂下窗簾，在暴風雨中顯得更加低矮了。他登上了通向燈塔的石階。今天，緊閉著的值班小屋裡，看不見燈塔員的身影。小屋的玻璃窗被雨水掃得濕漉漉，被風吹得吱嘎地響個不停。屋裡只有一架對著緊閉的窗呆然而立的望遠鏡、一堆放在桌面上的被賊風吹得散亂了的文件、菸斗、海上保安廳的制帽、畫著新船的輪船公司的絢麗月曆、掛鐘和掛釘上隨便掛著的三把大三角尺……

年輕人到達觀哨所的時候，連貼身襯衣也濡濕了。在這靜謐的地方，暴風雨顯得格外的淒厲。靠近岬角的尖端，四周是毫無遮蔽的天空，暴風雨更加肆虐，為所欲為。

三面敞開大窗的廢墟，毫不擋風，倒是把風雨引進室內，任憑風帶著雨星亂舞。從二樓的窗口可以望及的太平洋的寬闊無垠的景觀，儘管視野被雨雲弄得狹窄了，但是一片滔天白浪，其凶猛之勢，使四周在灰黑的雨雲中朦朧不清，這樣反而引人想像出無限寬廣的粗暴的世界。

新治從外側的樓梯走下來，窺視了一下先前曾來取過母親存放柴火的一樓，發現那裡是最好的防風地方。這一樓本是用做存放東西的，開了兩、三扇很小的窗，其中只有一扇的窗玻璃破損了。先前這裡堆積如山的松葉捆，都被分別運走了，眼下還看到其痕跡，只在一角落上留下四、五個。

新治聞到發霉的臭味，心想「簡直像個牢房啊！」卻說，他從風雨中躲進廢墟，倏然爬上了一陣寒意，打了個大噴嚏。

他脫下雨衣，在褲兜裡摸出了一盒火柴。過慣船上生活的人事事都非常細心，出門都會隨身帶火柴。在指頭觸及火柴前，先摸到了早晨在海灘上撿的貝殼。他把它掏了出來，借助窗戶的亮光照了照，彷彿依然被潮水濡濕了似的，桃紅色的貝殼閃閃發光。年輕人得到滿足，又將其放回褲兜裡。

潮濕的火柴很難點著。他從鬆散了的一捆柴火中，把枯松葉和枝椏成堆地堆在水泥地板上，用麻利的動作劃著火柴，待閃出小小的火焰時，整個室內已經充滿了煙霧。

年輕人抱膝坐在篝火旁。剩下的就是耐心等待了。

……他等待著。沒有絲毫的不安。自己穿著的黑毛衣多處綻開，他用手指捅了捅綻開的洞，以消磨時間。他身體漸漸暖和的感覺，與戶外的暴風雨聲交織在一起，蕩漾在無可懷疑的忠實自身所給予的幸福感中。他沒有現存的想像力，不會感到苦惱。等著等著，他把頭靠在膝蓋上入睡了。

新治醒過來時，眼前的篝火依然燃燒著。火焰對面佇立著一個陌生的朦朧的影子。新治心想：不是在作夢吧？一個半裸的少女低頭站在篝火旁，低垂的雙手拿著潔白的貼身襯衣在烤火。她的上半身完全裸露出來了。

新治明白過來這不是夢的時候，閃過一個狡黠的念頭，他佯裝還在睡夢中，他的身子一動也不動，卻把眼睛瞇成一條縫在注視著。因為初江的體態實在太美了。

海女似乎對赤著淋濕的身子烤火習以為常，絲毫也不躊躇。她來到相約的地方，早已生了火堆。年輕人正在入夢。於是她像小孩子一樣，突然心血來潮，想趁年輕人沉睡的當兒，趕快把濕透了的衣服和濡濕了的肌膚烘乾。也就是說，初江沒有意識到她在年輕人面前赤裸著身子，只是偶遇這裡生了篝火，在火堆前裸露罷了。

新治要是有眾多女性經驗，早就弄清楚在暴風雨包圍的廢墟裡，站在篝火對面的初江的裸體，千真萬確是處女的軀體。她那決不能說是白皙的肌膚，承受潮水的沖洗，顯得潤滑而壯實，那對似乎彼此靦腆地背著臉的高聳小乳房，在經受長年累月潛水鍛鍊的寬闊前胸，豐隆起一對薔薇色的蓓蕾。新治害怕被她看破自己在窺視，所以眼睛只是瞇起一條細縫。這種姿態保持著朦朧的輪廓，透過幾乎沖及水泥天花板的火焰，隱約可見。

但是，年輕人冷不防地眨了眨眼睛，這一瞬間，火焰的亮光使得那誇張濃密睫毛的影子，在他的臉頰上晃動了一下。少女連忙以尚未乾透的潔白貼身襯衣遮住了胸脯，高聲喊道：

「不許睜開眼睛！」

忠實的年輕人把雙眼緊緊地閉上。仔細想來，倘使再裝睡的確不太好了，再說驚醒過來又不是誰的過錯，他從這種光明正大的理由中獲得了勇氣，於是他再次把那雙烏黑美麗的眼睛睜開了。

少女無所措手足，但還是沒想把貼身襯衣穿上。她再次用尖銳而清脆的聲音喊道：

「不許睜開眼睛！」

這回，年輕人再也不願意將眼睛閉上。出世以後，他就看慣了漁村女的裸體，但看心愛的人的裸體卻是頭一回。而且他無法理解，僅是赤身露體這一理由，就在初江和自己之間產生了阻隔，平常的寒暄和親昵也變得難以接近。他像少年人般的坦率站起身來。

年輕人和少女隔火相望。年輕人稍向右側挪動了一下身子，少女也隨之向右側稍躲開了幾步。篝火仍舊在他們兩人之間燃燒著。

「你幹麼要躲？」

「人家害羞。」

年輕人並沒有說「那麼你把衣服穿上」。因為他很想看看——哪怕是多看一眼——眼前的她的姿影。此時此刻，他不知如何續上話頭，便提出孩子般的問題：

「怎樣才不害羞呢？」

少女作了實是天真爛漫的回答，但出語驚人：

「你也脫光，我就不會害羞了。」

新治難以為情，躊躇了一下，隨後就不言聲，開始脫掉圓領毛衣。脫衣時，腦子裡閃過一個念頭：少女會不會逃掉呢？即使年輕人脫毛衣穿過臉面的一瞬間，也未鬆懈。他在脫掉衣服之後，身上只剩下一塊兜襠布，一個比他穿著衣服時英俊得多的裸體站立在眼前。然而，新治的心熾烈地向著初江，愧疚好不容易在他的身上甦醒，這是在他們作了如下問答之後的事了。

「你不再害羞了吧？」

他像質問似的、熱切地追問了一句。少女並沒有意識到這句話的可怕，她出乎意外地找到了託詞：

「不！」

「為什麼？」

「因為你還沒有完全脫光。」

年輕人在火焰照耀下的身體，由於羞愧而變得通紅了。他的回話快將脫口而出，又堵在喉嚨裡。他一邊將手伸近篝火，近得指尖幾乎插進火裡，一邊凝視著少女那件搖曳著火焰影子的白色貼身襯衣，好不容易才開口說道：

「你要是把它脫囉，我就脫。」

這時候，初江情不自禁地微笑了。這微笑意味著什麼呢？新治不明白。連初江自己也沒有意識到是意味著什麼。少女把遮掩胸脯至下半身的白色貼身襯衣脫掉，扔在身後。年輕人看到這副情景，像一尊塑像，威立不動。他一邊直勾勾地盯著少女閃爍著焰影的眼睛，一邊解開了兜襠布的帶子。

這時，窗外的暴風雨突然更瘋狂地刮了起來。這之前儘管風雨一直以同樣的凶猛在廢墟上肆虐，然而這一瞬間，狂風暴雨實實在在地出現在眼前。他們體驗到緊臨高窗的底下，太平洋暢快地搖盪著這持續的躁動。

少女後退了二、三步。沒有出口。少女的脊背觸到了被煙熏黑了的水泥牆。

「初江！」年輕人喊了一聲。

「從火上跳過來，從火上跳過來啊！」少女氣喘吁吁，用清晰而有力的聲音說。

裸體的年輕人毫不猶豫。他那映著火焰的軀體一躍跳過了篝火。下一瞬間這軀體呈現在少女的面前了。他的胸脯輕輕觸及少女的乳房。年輕人非常激動，心想：「就是這種彈力！原先我所想像的藏在紅毛衣下面的，就是這種彈力啊！」兩人擁抱了。少女首先軟綿綿地倒了下來。

「松葉扎得好痛啊！」少女說。

年輕人伸手把白色貼身襯衣拿過來，準備給少女墊背。少女拒絕了。她的兩隻手已經不想擁抱年輕人了。她縮起雙膝，雙手將貼身襯衣揉成一團，好像小孩在草叢中捕捉到蟲兒時那樣，頑強地保護著自己的身體。

這時，初江說了一句含有道德意味的話：

「不要，不要……出嫁前的女人不能這樣嘛。」

年輕人有點畏怯，無力地說：

「無論如何也不行嗎？」

「不行。」……姑娘閉上了眼睛。她的聲調像是訓誡，又像是勸解，流利地說：「現在不行。我，已經打定主意嫁給你了。但出嫁以前，無論如何也不行。」

新治心中對道德觀念也抱有一種盲目的敬虔。首先，他還不曾有女性經驗，他覺得此時自己彷彿接觸到女人所存在的道德核心。所以他並沒有強求。

年輕人用胳膊緊緊抱住少女的身體，兩人都聽見彼此裸露的鼓動。長吻給無法滿足的年輕人帶來了痛苦。然而，這一瞬間，這種痛苦又轉化為不可思議的幸福感。稍微減弱了的篝火，不時蹦跳出幾顆火星子。兩人聽見這種聲音，也聽見掠過高窗吹進來的暴風雨的呼嘯，以及夾雜著他們彼此心臟的跳動聲。於是，新治感到這種永無休止的陶醉心情，與戶外雜亂的潮騷和搖樹的風聲在大自然的同樣高調中起伏翻動。這種感情充溢著一種無窮盡的淨福。

年輕人離開了她，用不愧是男子漢的沉著聲音說：

「今天我在海灘拾到一個美麗的貝殼，想把它送給你，就帶來了。」

「謝謝。讓我看看。」

新治回到了自己脫衣的地方，開始把衣服穿上。少女也靜靜地把貼身襯衣褲穿上，打扮了一番。衣著十分自然。

年輕人手持美麗的貝殼折回到已經穿上衣服的少女面前。

「啊，真美。」少女讓火焰映在貝殼表面上，顯得十分高興。她試著將它插在頭髮上，又說：「真像珊瑚啊。能不能當頭飾呢？」

新治坐在地板上，把身子靠在少女的肩膀上。兩人都穿上衣服，自然地接吻了。

……回去的時候，暴風雨還沒有停息。過去他們兩人為避忌在燈塔的那些人，習慣去燈塔之前繞岔道走；現在新治難以遵守這個習慣了。他送初江經由稍為易走的路，往燈塔的後面走了下去。兩人互相依偎，從燈塔吹刮著勁風的石階走了下去。

千代子回到島上的父母身邊，第二天起她就為無聊而苦惱。新治也不來訪。雖然村裡的女孩都來參加學習禮儀的例會，但千代子知道其中一新參加者是安夫所說的初江時，就覺得初江那鄉下純樸的長相，比島上的人所說的更漂亮。這就是千代子的奇特優點。有點自信的女子一般都愛議論其他女子的缺點，可千代子卻比男人更坦率地承認除自己以外的所有類型女子的美。

千代子無所事事，學習起英國文學史來。她對維多利亞王朝的閨秀詩人、克里斯蒂娜・喬治、德雷特・安・普羅庫塔、茲因・因茲羅、奧加斯塔・維布斯塔、阿莉絲・梅尼爾夫人等作家及其作品全然不知道，而像背誦經文似的把它們背了下來。千代子最得意的是死記硬背，甚至連先生打噴嚏都記在筆記本上。

母親在她身邊拚命想從她那裡學到一些新知識。上大學本來就是千代子本人的志願，父親原先有些猶豫，母親熱心支持，最後說服了父親。從燈塔到燈塔，從孤島到孤島的生活所激發出來對知識的欲望，經常促使母親對女兒的生活描繪出許多的夢，在母親的眼裡也就看不見女兒內心小小的不幸。

暴風雨的日子裡，燈塔長面對頭晚起愈刮愈緊的強風，感到責任重大，徹夜未眠。母女倆一夜相伴，睡了個早覺，少有地將早餐和午餐併為一頓了。飯後收拾完畢，一家三人被暴風雨圍困在家中，寂然地度過了這一天。

千代子眷戀起東京來了。眷戀起就是在這樣暴風雨的日子汽車也若無其事地來回行駛、電梯照樣運轉、電車照樣擁擠的東京來了。在那裡，大自然首先被征服了，剩下的自然威力就是敵人。然而，這島上的人都是把自然看作朋友，都是袒護自然的。

千代子讀累了，把臉貼在窗玻璃上，凝望著把自己閉鎖在戶內的暴風雨。暴風雨是單調的。潮來的湧聲，猶如醉漢的嘮叨聲，不斷地傳來。不知為什麼，千代子想起了有關學友被所愛的男子強姦的傳聞。這學友深愛其情人的溫存和優雅，並且為他吹噓，可是那一夜之後，她便愛同一個男子的暴力和私欲，只是無論對誰都噤口不言。

……這時，千代子望見了新治的身影，他正同初江相互依偎，從暴風雨沖刷下的石階上走了下去。

千代子一直相信自己認定自己醜陋的臉的效驗。這一執念一旦固化，就比漂亮的臉蛋更能巧妙地騙取感情。確信醜陋，就是處女所相信的石膏。

她從窗子把臉別了過來。母親坐在地爐旁做針線活兒。父親默默地抽著新生牌香菸。戶外有狂風暴雨，戶內有家人。誰都沒有察覺千代子的不幸。

千代子又面對書桌翻開了英文書。她不解詞意，只見排列著一個個鉛字。小鳥忽高忽低地盤旋的幻影，晃著她的眼睛。原來是海鷗。千代子落入沉思：回島途中，自己對飛向鳥羽鐵塔的海鷗賭注過的小小占卜，原來就是意味著發生這件事啊。

第九章

阿宏從旅途中寄回一封限時信。要是寄平信，也許本人比信件還先行到達島上，所以他在京都清水寺的明信片上蓋上一個紫色的參觀紀念的大印章，用限時專送寄回家裡來。母親未讀信之前，氣鼓鼓地抱怨說：還寄什麼限時信，多浪費啊，現在的孩子不知道攢錢的艱難啊。

阿宏的明信片，隻字未提名勝古跡，只是寫了第一次去電影院的事。

在京都的頭一個晚上，允許大家自由活動，我便同阿宗、阿勝三人到附近一家大電影院去看電影。這是一家非常豪華的電影院，很像一座華麗的宅邸。可是椅子特別窄，且特別硬，坐在上面就如坐長凳，坐得屁股疼痛，且坐不穩當。不一會兒，後邊的人就喊：坐下！坐下！我心想：我們明明是坐下了嘛，真是莫名其妙啊！後邊的人便特別告訴我們，這是疊椅，要把它放下才坐。我們三人出了洋相，都撓了撓頭。後來把它放下來，坐上去就覺得鬆軟了。很像是天皇殿下的寶座呢。我多想也讓媽媽坐一次啊！

母親讓新治念這封信，她聽到最後一句，哭了。然後，她面對佛壇把明信片舉起，祈願神靈保佑阿宏在前天的暴風雨中旅行平安，保佑阿宏明後天身體健康、平安無事地歸來。她還強求新治也一起禱告。過了片刻，她像是想起來似地罵道：哥哥讀書寫字都不行，還是弟弟腦袋瓜靈。所謂腦袋瓜靈，就是能讓母親舒暢地痛哭一場。她馬上拿著明信片到阿宗、阿勝家裡去，讓他們家人也看看，然後同新治到澡堂洗澡去了。在澡堂裡，母親碰見郵局局長夫人，裸露著雙膝，跪坐在局長夫人跟前施個禮，感謝郵局準確無誤地把信送到她的手裡。

新治很快洗完澡，在澡堂門口等候母親從女澡堂入口處出來。澡堂的屋檐下部分彩色木雕已經剝落，水蒸氣瀰漫在屋檐下。夜是暖和的，海是幽靜的。

新治看見一個男子的背影正仰望著相距二、三間的前方的屋檐頂端。這男子雙手插在褲兜裡，腳登木屐，有節奏地行走在石板路上。新治在夜裡看見了他身穿茶色皮工作服的脊背。島上是沒有幾個人穿這樣昂貴的皮工作服的。他的確是安夫。

新治剛想招呼的時候，安夫正好回過頭來。新治綻開了笑臉。安夫卻毫無表情，只顧直勾勾地望了望，又轉身揚長而去。

新治很是納悶，但他並沒有把友人這種令人不愉快的舉動特別放在心上。這時，母親從澡堂裡走出來，他像平時一樣，默默地和母親一起走回家去了。

昨日狂風暴雨過後，萬里無雲。安夫出海捕魚歸來時，迎接了千代子的造訪。千代子說，她和母親一起到村裡購物，順便登門拜訪。母親去了附近的合作社主任家裡，她便獨自來造訪安夫家。

安夫從千代子嘴裡聽到她把新治這個輕浮年輕人的驕矜貶得一錢不值。他思考了一夜。第二天晚上，新治認出安夫的時候，安夫正站在橫穿村子中央的沿坡道的一戶人家的門前，觀看掛在那裡的值班表。

歌島水源貧乏。舊曆新年時期尤為乾涸，不時因水而吵架。在村子中央有一段沿石子路而流的小河，其源頭就是村子的唯一水源。梅雨時節或暴雨過後，河流變成湍急的濁流，婦女們就在河邊說長道短，邊洗滌衣裳。孩子們也可以舉行手工製木軍艦的下水儀式。可是乾旱季節，小河就變成斷續乾枯的窪地，連推動一丁點垃圾流下去的力量都沒了。水源是泉潭。也許是注入海島頂端的雨水，經過過濾後匯成這泉潭的吧。除此以外，島上別無其他水源。

因此，不知從什麼時候起，村公所決定輪流值班汲水，每週輪流一次。汲水是婦女的工事。唯有燈塔把雨水過濾後貯存在水槽裡。村上分派只靠泉水生活的各戶人家值班，有的人家輪到值深夜班就只好忍受不方便了。不過，值深夜班的，數週後便可以輪到值早班的方便時間。

安夫仰望的，就是那張掛在村子行人來往最多的地方的值班表。深夜兩點的這一欄上寫著宮田二字。這是初江的班。

安夫咋了咋舌。要是還在捕章魚的季節就好了。因為早上出工稍晚些。可是，在最近這樣的烏賊魚汛期裡，黎明前就必須到達伊良湖海峽的漁場。這時節，家家戶戶都是三點起床，準備做飯，性急的人家三點以前就炊煙裊裊了。

儘管如此，初江值班不是下一個三點，還算好些。安夫發誓明天出海之前要把初江弄到手。

安夫一邊仰望值班表，一邊下了決心。這時他發現新治站在男澡堂門口，憤恨至極，把平時的尊嚴也忘得一乾二淨了。他匆匆回到家裡，斜視了一眼餐廳，只見父親和哥哥正聽著收音機播放、響徹全家的浪花小調，一邊在交盞對飲。他回到三樓自己的房間裡，顧自抽起香菸來。

安夫根據常識判斷：冒犯初江的新治肯定不是個童貞。在青年會上，新治常常是規規矩矩地抱膝而坐，笑瞇瞇地傾聽別人的意見，儘管他長著一張娃娃臉，卻是個玩弄過女性的人。真是狡猾的傢伙！而且，在安夫看來，怎麼也很難想像新治是個表裡不一致的人。但結果——這種想像儘管難以相信——卻讓人感到：新治是毫不遮掩的坦率，正大光明地侵犯女性的。

當晚，安夫為了不讓自己睡著，他在被窩裡擰了擰大腿。但這樣做，其實沒有太大的必要。因為他對新治的憎恨，以及對新治搶先下手的競爭心就足以使他無法安眠了。

安夫有一個可以在人前炫耀的夜光表。這天晚上，他把手表戴在手腕上，穿著工作服和褲子就這麼悄悄地鑽進了被窩裡。他不時地將手表貼在耳邊，不時又望著手表發出螢光的字盤，覺得光憑這只手表，對女人就會有很大的吸引力。

深夜一點二十分，他從家裡悄悄地溜了出來。因為是夜間，濤聲猶如霹靂。月光明晃，村莊一片寂靜。戶外電燈計有：碼頭一盞、中央坡道兩盞、山腰的泉潭邊一盞。海港除了聯運船以外，淨是漁船，掛在船桅上的白燈、家家戶戶的燈火都已熄滅，海港之夜並不熱鬧。農村之夜顯得莊重的，是鱗次櫛比的黑暗而厚實的屋頂。然而這漁村的屋頂都是葺瓦或鍍鋅薄鐵板，在夜間沒有茅草屋頂那種威脅人的沉重感。

安夫穿著運動鞋，走路沒有發出聲響。他從坡道的石階快速地登了上去，穿過了由花朵半綻的櫻樹環繞的小學的寬闊庭院。這庭院就是最近擴大了的運動場，四周的櫻樹也是從山上移植過來的。有一株小櫻花樹被暴風雨刮倒，黑黝黝的樹幹在月光下橫躺在沙坑的一旁。

安夫沿著河流登上台階，來到了聽見泉水汩汩有聲的地方。室外的燈光把泉潭的輪廓描畫了出來。那裡設置的石槽承接著從長苔岩石縫隙流出來的清泉，清泉從石槽邊緣的光滑的苔蘚間溢了出來。這種情景，不像在流動，而像是在苔蘚上濃重地塗上了一層透明而美麗的釉。

環繞泉潭的小樹林的深處，貓頭鷹在啼鳴。

安夫躲藏在戶外電燈的後面。一隻鳥兒微微振翅飛走了。他依在一株粗大榆樹幹上，一邊看看手腕上的夜光表，一邊等候著。

兩點剛過，肩上挑著水桶的初江在小學的庭院裡出現了。月光將她的影子清晰地描畫了出來。對女子的身體來說，深夜的勞動並不輕鬆，可在歌島不問貧富男男女女都必須完成自己的任務。健康的初江經過海女勞動的鍛鍊，全然沒有顯出痛苦的神色，她挑著空水桶前後晃動地登上台階來的姿影，倒不如說好像為意外的工作而開心的孩子似的，露出興高采烈的神情來。

安夫本想等初江來到泉潭邊一放下水桶就跳將出來，轉念又猶豫不決，最後打定主意，還是耐心等待初江汲滿水以後再說。他左手搭在高處的枝椏上，一動不動，做好準備，關鍵時刻就跳將出來。這樣，他將自己想像成一尊石像。他從充盈於耳的水桶汲水聲，從那雙帶點凍傷又紅又大的手，想像著那女子健康而嬌豔的身體。他覺得妄想很令人快樂。

安夫將手搭在枝椏上，手腕戴著值得炫耀的夜光表，螢光閃爍，發出的秒針走動聲儘管微弱，卻是清澈的。大概是這聲音把在枝椏上剛築好一半的蜂窩裡的沉睡蜜蜂驚醒，大大地引起了牠們的好奇心。然而，這隻放出微光、很有規則地鳴囀的奇異甲殼蟲，身上披著平滑而冰涼的玻璃鎧甲，所以蜜蜂的期待落空了。於是牠們把刺轉移到安夫的手腕上狠狠地螫了一下。

安夫驚叫起來。初江猛然回頭，朝驚叫聲方向望了望。她沒有呼喊，連忙把扁擔從水桶繩上卸了下來，斜握在手裡，擺好了準備迎擊的架勢。

安夫以自己都覺得笨拙的姿態出現在初江的面前。少女仍以同樣的架勢後退了一、兩步。在這種情況下，安夫覺得還是搞笑掩飾過去好，於是他傻笑地說：

「嘿，嚇一跳了吧？以為遇上妖怪了吧？」

「什麼呀，原來是安哥。」

「方才一直躲在這裡，本來是想嚇唬你的。」

「為什麼夜半還躲在這種地方？」

少女還沒有意識到自己的魅力所在，本來只要仔細想想就會明白，可是她當時真以為安夫躲在那裡只是為了嚇唬自己。安夫掌握初江這種心情，鑽了空子，一眨眼工夫，就將初江的扁擔搶了過來，然後用手抓住初江的右腕。他的工作服皮革發出了咯吱聲。

安夫終於恢復了威嚴，仔細觀察著初江的眼睛。他本來打算沉著而堂堂地說服這少女，卻無意識地模仿起自己想像中的新治在這種場合所表現的直接坦率來。

「嗯，要是不聽我說可會後悔莫及啊！你和新治的事，大家都在議論哩……你聽見了嗎？」

初江臉頰緋紅，喘著粗氣。

「放手！我和新治的事？什麼意思！」

「別裝糊塗啦。分明是同新治暗中調情，還……搶在我前頭先下手。」

「別胡說，我們什麼事也沒有幹。」

「我都知道了。暴風雨那天你和新治上山都幹了些什麼啦？……瞧，臉都紅了吧……喂，跟我也來一次嘛。沒關係，沒關係嘛。」

「不要！不要！」

初江拚死掙扎，欲脫身而逃，但安夫絕不讓她逃脫。倘使完事之前逃掉，初江一定會向她父親告狀；倘使完事之後，她大概對誰也不會說出去的吧。安夫最愛讀都會八卦雜誌常刊登「被征服」的女子自白之類的文章。給女人增添欲說又不能說的苦惱，這實在太棒啦。

安夫好不容易把初江按倒在泉潭邊上。一只水桶被撞翻，水流出來，把布滿苔蘚的地面濡濕了。戶外電燈照映下的初江的臉，小巧玲瓏的鼻翼在翕動，睜開的眼睛在閃閃發光。頭髮一半泡在水裡。嘴唇突然撅起，下巴頦上被安夫的唾液沾濕了。初江的這種舉止，愈發撩起安夫的情欲，他感到初江的胸脯在自己胸口下激烈地跳動著，同時將自己的臉壓在初江的臉頰上。

這時他尖叫一聲，跳了起來。原來蜜蜂又螫了他的脖頸。

憤怒之餘，他欲用手胡亂地把蜜蜂抓住。當他被螫得手舞足蹈的時候，初江往石階方面逃走了。

安夫狼狽不堪，為追趕蜜蜂而忙煞了一陣子。卻說，他又如願地把初江抓住了。只是，在瞬息之間，究竟自己都幹了些什麼，乃至連先後過程也都不知道了。總之安夫又把初江抓住了。他再次將她的豐盈軀體按倒在苔蘚地上。這回精明的蜜蜂落在安夫的屁股上，蜂刺穿過他的褲子深深地蜇在他的臀部肌肉上。

安夫跳了起來。這回初江有了前一次逃跑的經驗，她向泉潭的後面逃遁了。她鑽進林間，隱沒在羊齒草葉叢中，一邊跑一邊找了一塊大石頭。她一隻手揮舉起石頭，好不容易才止住喘氣，從泉潭的一側俯視著下面。

坦率地說，迄今初江真不知道救了自己的究竟是何方神靈。直到她納悶地眺望著安夫在泉潭邊上瘋狂地手舞足蹈的時候，才明白所有一切都是機靈的蜜蜂所為。戶外電燈的燈光正好照著安夫追趕上方蜜蜂的手，一隻蜜蜂拍打著小小的金翅膀橫飛了過去。

看來安夫終於把蜜蜂趕跑了。他呆然地站著用手巾擦拭汗水，然後在附近到處尋找初江的蹤影，但沒有找著。他戰戰兢兢地用雙手圍成喇叭形，低聲呼喚著初江的名字。

初江故意用足尖將羊齒葉撥弄得沙沙作響。

「喂，你在那兒，下來吧。我什麼也不幹啦！」

「不要！」

「還是下來吧。」

他正想爬上去，初江掄起了石頭。他畏怯了。

「你幹什麼，多危險啊！……我怎麼做你才下來呢？」

安夫害怕初江就這樣逃逸，一定會向她父親告狀，所以執拗地詢問說：

「……我說，我怎麼做你才下來呢？你是不是要向你爸爸告狀呢？」

——沒有回答。

「喂，你保證絕不向你父親告狀好不好，我怎麼做你才不說呢？」

「你替我汲水，挑回家裡，我就不說。」

「真的？」

「真的。」

「照大爺太可怕了。」

然後安夫默默地汲起水來，彷彿被某種義務觀念所攫住，實在滑稽可笑。他把那只撞倒了的水桶，重新汲滿了水，再將扁擔穿過兩只水桶的繫繩，挑在肩上邁步走了。

不一會兒，安夫回過頭來，只見初江不覺間在自己的背後兩公尺遠的地方跟了上來。少女連一絲笑容也沒有。安夫一停住腳步，少女也跟著停住腳步。安夫走下石階，少女也跟著走下石階。

村莊依然一片寧靜，家家戶戶的屋頂沐浴著月光。但是，破曉即將到來，證據是兩人向著村子沿級而下的腳下，處處不斷傳來了雞鳴。

第十章

新治的弟弟回到島上來了。母親們都站在碼頭上迎接孩子。細雨霏霏，望不見遠處的海面。聯運船駛到距碼頭百米遠處，才從霧靄中露出了身影。母親們不約而同地呼喚著自己兒子的名字。孩子們站在船甲板上，有的揮舞帽子，有的揮舞手絹，他們的姿影愈來愈清楚了。

船兒一靠近碼頭，中學生們一個個就是同自己的母親照面，也只是笑笑，之後繼續與同學們在海濱上戲耍了。因為他們不願意讓同學看到自己在母親面前撒嬌的模樣。

阿宏回到家裡後，仍舊興奮不已，總是平靜不下來。讓他談旅途見聞，他隻字不談有關名勝古蹟，卻淨談些同學在旅館裡半夜起來解手，因為害怕，就把他叫醒一道去，所以第二天早晨困倦得起不了床之類的事。

這次旅行，的確給阿宏留下了強烈的印象，但他不知道如何表達出來。於是想起什麼就說什麼，諸如他在學校的走廊上塗了蠟，讓女教師滑倒等一年前的事；電車、汽車、高層建築、廣告霓虹燈光燦燦的，一瞬間迫近自己身邊，擦過復又消失等一些令人驚奇的東西，不知都到哪兒去了。這個家，與他出發前一樣，有食具櫥、掛鐘、佛壇、矮腳桌、梳妝台，還有母親。有爐灶，還有骯髒的榻榻米。這些東西不用說誰都知道。可是，如今就連這一些，甚至母親也糾纏著要他談呢。

直到哥哥打魚回來，阿宏才總算平靜下來。晚飯後，他在母親和哥哥的面前，打開筆記本，泛泛地談了一遍旅行見聞。大家聽完，心滿意足，不讓他再談了。一切又恢復了原來的樣子。這一切就是不談，也能體諒理解了。食具櫥、掛鐘、母親、哥哥、熏黑了的舊爐灶、海嘯……阿宏在這些東西的包圍中酣睡了。

春假即將結束。阿宏早晨起床以後直到晚上睡覺以前，拚命地遊玩。島上可玩耍的場所很多。自從在京都、大阪頭一回看了早就聽說的美國西部電影以後，阿宏就在伙伴間玩起模仿西部電影的新遊戲來。他們看見隔海相望的志摩半島上的元浦一帶，山火的煙雲裊裊，就自然地聯想到印第安碉堡點燃起的狼煙。

歌島的魚鷹是候鳥，這季節魚鷹的蹤影漸漸消失了。全島的夜鶯不時啁啾鳴囀。冬季裡，通向中學校的陡坡頂端上，正面迎風，人們立在其間，鼻子都被刮得通紅，所以人們把它稱之為紅鼻子嶺。不過，縱令是餘寒料峭的日子，風已經不足以刮得人們鼻子通紅那樣強勁了。

島南端的辨天岬是孩子們玩西部劇的舞台。岬角西側的岸上，石灰岩嶙嶙峋峋，順其而行，繞到了歌島上最神祕的地方之一——岩洞入口處。從這寬一公尺半、高七、八十公分的小入口進到裡頭，迂迴曲折的路漸漸變得寬闊了，三層的洞窟就展現在眼前。來路一片漆黑。走向洞窟，呈現不可思議的微亮。洞穴看不見的深處，貫通岬角，從東岸流進來的海潮，在深深的豎坑底裡，時而漲潮，時而退潮。

頑童們手持蠟燭，走進洞穴。

「喂，留神！危險！」

他們一邊互相提醒，一邊爬進黑暗的洞穴，彼此交換了眼色。在燭光的映照下，伙伴們微微繃著的臉浮現了出來。於是，在燭光照耀下，他們對彼此的臉上都沒有長出濃鬍子而深感遺憾。

小伙伴就是阿宏、阿宗和阿勝。他們一行正要深入洞窟裡頭，做一次印第安式的尋寶冒險。

來到洞窟，好不容易站起身來，先行的阿宗的頭碰巧纏上了厚厚的蜘蛛網。阿宏和阿勝起哄說：

「什麼呀，頭戴這麼多頭飾，你成了個酋長了嘛！」

他們在昔日不知誰人在洞壁上刻下的長滿青苔的梵文下方，立了三支蠟燭。

從東岸湧進深坑的海潮，拍打在岩石上發出了強烈的回響。這怒濤聲與戶外所聽見的濤聲，簡直無法比擬。洶湧的水聲在石灰炭洞窟的回壁上引起回響，形成多重的轟鳴，使人感覺彷彿整個洞窟都在鳴動、都在搖撼。他們想起古老的傳說，陰曆六月十六日至十八日這期間，將有七尾純白的大鯊魚在豎坑的角落裡出現，令人不寒而慄。

少年們遊戲，角色是隨便對調，敵我也能輕易地輪換。他們兩人推舉頭纏蜘蛛網的阿宗當「酋長」之後，放棄了充當邊境守備隊隊員的角色，這回成了印第安人的隨從，伴著濤聲可怕的回響，侍候在「酋長」的身旁。

阿宗也心領神會，他威嚴地坐在蠟燭下的一塊岩石上。

「酋長，那可怕的聲音是什麼聲音？」

阿宗用嚴肅的口吻答道：

「那聲音嗎？那是神靈在發怒。」

「要怎樣做才能讓神靈息怒呢？」阿宏問道。

「是啊。除了祭上供品祈求之外，沒有別的辦法囉。」

上。

大家將從母親那裡要來的或偷來的薄餅和豆包，擺放在報紙上，供奉在對著豎壇的岩石上。

「酋長」阿宗從兩人之間通過，肅穆地走到祭壇前，跪在石灰石地面上叩拜，然後高舉雙臂，即席誦起奇妙的咒文，時而抬起上半身，時而彎下腰身，虔誠地禱告。阿宏和阿勝尾隨其後，和「酋長」一樣進行禱告。冰涼的岩石地，透過褲子，觸及膝頭，此時阿宏感到自己彷彿成了電影中的人物。

幸虧神靈息怒，濤聲稍稍平靜下來，三人便圍坐在一起，品嚐撤下來的薄餅和豆包。這樣吃，比平時的好吃十倍。

這時發出了轟然巨響，從豎坑裡激起了高高的飛沫。瞬間飛濺起來的水花，在昏暗中恍如潔白的夢幻，海浪在震動、在搖憾著洞窟，彷彿要把圍坐在岩洞內部的三個「印第安」人也捲入海底似的。連阿宏、阿宗和阿勝也都害怕了。不知從哪兒刮來了一陣狂風，把岩壁上梵文下方不停搖曳的三支蠟燭中的一支吹滅了。這時的可怖情景，簡直是無以名狀啊。

三人平時總愛競相亮架子，炫耀自己的勇敢，此刻他們也就任由少年活潑好玩的本能所驅使，立即用遊戲來掩飾自己的恐懼。阿宏和阿勝扮演了膽小的「印第安人」的隨從，兩人都嚇得渾身發抖。

「嗳喲，太可怕，太可怕！酋長，神靈大發雷霆啦。祂為什麼這樣憤怒呢？」

阿宗重新坐在岩石的寶座上，儼然是個「酋長」，哆哆嗦嗦地顫抖著。在追問之下，他毫無心眼地突然回想起這兩、三天在島上的閒話，欲將它派上用場。阿宗清了清嗓門兒說：

「因為私通，因為不正派。」

「私通？什麼叫私通？」阿宏問道。

「阿宏，你不知道嗎？你哥哥新治和宮田家的女兒初江交媾，神靈才大發雷霆的。」

阿宏覺得哥哥被人奚落，肯定有損名譽，他憤怒地冒犯了「酋長」。

「哥哥和初江姊怎麼啦？什麼叫交媾？」

「你不知道？所謂交媾，就是男人和女人睡覺。」

阿宗這麼說，自己也不知所云。阿宏懂得，這種說明是塗上了濃重的侮辱色彩，便火冒三丈地衝向阿宗撲了過去。他抓住阿宗的肩膀，一拳打在阿宗的顴骨上，亂鬥就這樣草草結束了。阿宗被按倒在岩壁上時，剩下的兩支沒有熄滅的蠟燭也落在地上完全熄滅了。

洞窟裡僅有一絲微弱的亮光，彼此只能看到對方朦朧的面影。阿宏和阿宗氣喘吁吁，相互對峙著，但他們漸漸明白，如果在這裡繼續撕打下去，說不定會招來危險！

「別打啦！多危險啊！」

阿勝充當了仲裁，三人便點燃火柴，借著火光在尋找蠟燭。然後，他們訥訥寡言，從洞穴裡爬了出來。

……他們沐浴著戶外璀燦的陽光，登上岬角，來到了岬角脊背處，這時平日的好伙伴消除了隔閡，把方才打架的事忘得一乾二淨。他們一邊唱著歌曲，一邊向岬角脊背處的小徑走去。

……古里海濱沙礫一片

辨天八丈海面平靜……

古里海濱在岬角西側，劃出了島上最美的海岸線。海濱中央豎立著一座像二層樓一般高的巨大岩石，人們稱之為八丈島。這巨岩的頂端叢生著爬地松。四、五名頑童在這爬地松樹旁，一邊揮手一邊不知呼喚著什麼。

三人也向對方招手致意。他們踏足的小徑四周，松樹之間綴滿細柔的草叢，處處都綻開著簇簇的紅色紫雲英。

「啊，小船！」阿勝指著岬角東側的海面說。

在那裡，只見平靜的海面擁抱著美麗的小海灣，靠近灣口泊著三只小船在等待漲潮。這些是拖網船。

阿宏也「啊」地喊了一聲，和伙伴一起瞇起眼睛，望著波光粼粼、令人目眩的海面。可是，剛才阿宗的那番話還沉重地壓在他的心頭上。隨著時間的推移，他感到愈發沉重鬱悶了。

晚餐時間，阿宏帶著空腹回到家裡。哥哥還沒有回來。母親一人在往灶口裡添柴火。乾樹枝的劈啪聲和灶裡像風吹似的燃燒聲交織在一起，飄逸出香噴噴的氣味，只有這種時刻，廁所的臭味才得以消去。

「媽媽。」阿宏喊了一聲。他成大字形地仰躺在榻榻米上。

「什麼事？」

「有人說哥哥和初江姊交媾了，這是怎麼回事？」

不知什麼時候，母親已離開了爐灶旁，正襟危坐在仰躺著的阿宏的身旁。她的眼睛發出了異樣的光芒。這光芒與兩鬢披散的短髮，甚是可怖。

「阿宏，你，這是從哪兒聽來的？是誰這麼說的？」

「阿宗。」

「這種事，不許再說了。對哥哥也不許再說。要是再說，我就幾天不給你吃飯，明白了嗎？」

對年輕人的情事，母親一向是持寬容態度的。她討厭在海女的季節裡大家一邊圍坐在篝火旁烤火，一邊議論人家的長短。如果是議論自己兒子的情事，她就不得不與流言為敵，這時候她必須履行母親的義務。

這天晚上，阿宏入睡以後，母親咬著新治的耳朵，用低沉卻是有力的聲音問道：

「你知道嗎，人家背後說你和初江的壞話了。」

新治搖了搖頭，頓時滿臉緋紅。母親感到困惑，但紋絲不亂，當場斬釘截鐵地用非常坦率的口吻問道：

「一起睡覺了嗎？」

新治又搖了搖頭。

「那樣的話，其他人就不該說長道短啊！是真的嗎？」

「真的。」

「好吧。既然這樣，那就沒有什麼好怕的了。你要留意，人言可畏呀！」

……但是，事態並沒有向著理想的方向發展。第二天晚上，新治的母親出席婦女唯一的聚會「庚申神之會」，剛一露面，大家剎時面露尷尬的神色，把話頭止住了。原來她們正在背地議論呢。

第二天晚上，出席青年會的新治，無意中開門走進去時，伙伴們在明亮的燈光下，圍桌而坐，正在熱心地談論著什麼。他們看見新治的臉，頓時沉默下來。唯有濤聲，在這間殺風景的房子裡旋蕩。房間裡簡直像是空無一人似的。新治和平時一樣，背靠牆邊，默默地雙手抱膝坐了下來。於是，大家又像平常那樣熱鬧地議論起別的話題。今天稀罕地先到達會場的安夫，隔桌向新治爽快地點了點頭。新治沒有生任何疑心，笑瞇瞇地回了禮。

有一天，太平號出海打魚，午飯時刻，龍二不知所措似地說：

「新治兄，我真生氣啊。安夫在背地裡說你的壞話哩！」

「是嗎？」

新治豪氣地、默默地笑了笑。船兒在春天平靜的海面上搖蕩。少言寡語的十吉少有地就這個話題插進來說：

「我知道。我明白。那是安夫吃醋。那小子仰仗他老子的權勢，驕傲自大，真是個討人厭的大混蛋。新治，你已長大是個美男子啦。讓那小子吃醋啦。新治，你不要介意。一旦出什麼麻煩事，我站在你這一邊！」

……安夫散布的謠言就這樣傳遍了整個村莊，街間巷尾都議論開了。可是，還沒有傳到初江的父親的耳朵裡。一天晚上，村裡發生一件足夠全村議論一年也議論不完的事。那是在澡堂裡發生的事。

村子無論多富有的人家，自家都沒有溫泉浴室的設備，於是宮田照吉也得到澡堂洗澡。他非常傲慢，用腦門兒把布簾挑開，像除草似的把襯衫脫下來，扔進籃子裡，但襯衫和褲帶卻散落在籃子外面。照吉一次次地咂著嘴，用腳趾把這些衫褲夾起來，放進籃子裡。在四周圍觀的人都有些害怕。然而，這正是留給照吉為數不多的一個機會，可以在公眾面前顯示一下自己人雖老矣，但力氣卻不減當年的威風。

這老人的裸體，的確是健美。四肢紫銅色的肌肉沒有明顯的鬆弛，目光銳利，在頑強的額上零亂地倒豎著猶如獅子鬃毛的白髮。那呈酒紅的赤色胸脯和這白髮形成了多麼鮮明的對照。發達的肌肉，由於久未運動已經發硬，經過與波濤搏鬥，給人留下有如險峻岩石一般的強烈印象。

可以說，照吉是歌島這個島嶼的勞動、意志、雄心和力量的化身。他是一代創業者，精力充沛，有點粗野，他那決不擔任鄉村公職的孤高性格，反而贏得村裡地主們的尊重。他觀測天象的準確性驚人。在打魚和航海方面，有著無比的豐富經驗。對於村史和傳統非常自負，但卻又往往頑固得不能容人，自命不凡得可笑，上了年紀也動不動就跟別人吵架等等。這些都抵銷了他的優點。不過，在老人有生之年，凡事只要像銅像般地展現自己，他人也不會覺得滑稽可笑。

他打開了澡堂的玻璃門。

澡堂裡相當擁擠，透過騰騰的熱氣，朦朧可看人的動作的輪廓。水聲、水桶碰撞發出的響亮木擊聲以及笑聲，在天花板引起回響，與豐饒的溫泉水一起，充溢著勞動一天之後的解放感。

照吉在入浴池之前，絕不先沖洗身子。他從澡堂入口堂堂地闊步走了過去，就這麼把腳伸進了浴池。不管水多熱，他都不介意。他對心臟和腦血管之類的事，猶如對香水和領帶，毫不關心。

浴池裡的浴客們臉上就是被濺了水沫，一旦知道對方是照吉，也得乖乖地點頭致歉。照吉一直傲然地泡在沒及下顎的水裡。

兩個年輕的漁夫，在靠近浴池的地方沖洗身子，沒有留意泡在浴池裡的照吉。他們肆無忌憚地大聲議論著照吉。

「宮田家的照大爺已經糊塗啦。連女兒被人糟蹋，他都沒有察覺呢。」

「久保家的新治幹得很漂亮嘛，不是嗎？還覺得他是個孩子，可他不覺間竟吃上天鵝肉啦！」

泡在浴池裡的浴客覺得很尷尬，紛紛將視線從照吉的臉上移開。照吉的身子都泡紅了，他帶著一副乍看平靜的表情，從浴池裡走了上來，然後雙手拎著兩個水桶，從水槽裡汲滿了水，走到這兩個年輕人的身邊，冷不防地把冷水衝他們劈頭蓋臉地潑了過去，然後猛踢了幾下他們的脊背。

半邊眼瞼滿是肥皂泡的年輕人想要反擊，當他們知道對方是照吉以後，就又畏縮了。老人一把抓住他們滿是肥皂泡、弄得滑溜的脖頸，拽到了浴池前，使上了渾身的力氣將兩人的頭按在水裡，然後用粗大的手緊緊抓住他們的脖頸，像洗涮東西似的，將這兩人的腦袋搖來晃去，並且互相碰撞。最後，照吉斜視了一眼被嚇得呆若木雞站了起來的浴客們，也不沖洗身子，就大步地走出了澡堂。

第十一章

翌日，在太平號漁船上吃午飯時，船家師傅十吉從菸盒裡拿出一張疊得很小的紙條，笑瞇瞇地遞給了新治。新治剛伸出了手，師傅就說：

「聽著，你能保證讀了這張紙條，工作也不偷懶嗎？」

「我又不是那種人。」新治簡單又乾脆地回答了一句。

「好。男子漢一言為定……今早我路過照大爺家門前，初江正好從門口悄悄地走了出來，沒有言聲，硬將這張紙條塞在我手裡，然後又走開了。我心想：自己都這把年紀，還有女孩子給我暗遞情書，我美滋滋地打開一看，原來是寫給新治你的。嘿，我真糊塗，差點把它撕碎扔到大海裡啦。轉念又想，太可憐了，也就把它帶來了。」

新治接過紙條，師傅和龍二都笑了起來。

新治生怕弄破紙條似的，用骨節突兀的粗手指，小心翼翼地把它打開。菸草粉從紙條的一角撒落在他的掌心上。便箋上的頭兩、三行字是用鋼筆，後來像是鋼筆沒了墨水，接著就用淡淡的鉛筆書寫了。字跡稚拙。內容如下：

昨日傍晚，父親在澡堂裡聽到有關我們的流言蜚語，悖然大怒，令我絕不能再同新治你見面。父親就是這樣的人，無論我怎麼辯解也無濟於事。他說：從晚上漁船返航前到早上漁船出海這段時期，絕不許我外出。還說，輪流汲水的事，也拜託鄰居伯母代辦了。我無計可施，實在傷心透了。父親還說：漁休日他要整天在我身邊守著我。我怎樣才能同你見面呢？請想個辦法讓我們見面吧。通信嘛，郵局淨是些相熟的叔叔伯伯，太可怕了。所以，我會把每天寫好的信，夾放在廚房前面的水缸蓋上。你的回信也請夾放在那裡。你親自來取太危險，請你託咐給可靠的伙伴來取吧。因為我回島上的時間很短，還沒有可以真正信賴的朋友。真的，新治，但願你堅強地活下去！我每天都對著母親和哥哥的靈牌禱告。祈求他們保佑你平平安安。神靈一定理解我的心情的。

新治讀著這封信，臉上時而露出他與初江的情誼被拆散而生起的悲哀，時而又現出想起初江的真誠而帶來的歡欣，這兩種表情恍如背陽與向陽似地交替流露了出來。新治剛讀畢，十吉就將信搶了過去，一口氣把信讀完，彷彿這是他這個信使當然的權利。同時，十吉還大聲朗讀給龍二聽，而且是用十吉式的浪花小調的腔調，也是他經常獨自朗讀報紙的腔調。新治明知十吉沒有任何惡意，可聽到十吉將自己心愛的人的嚴肅的信，讀成滑稽的腔調，也就有點傷心了。

然而，十吉讀了這封信，深受感動，好幾次停頓下來，有時嘆口大氣，有時還加上感嘆詞。最後他用平時在白晝靜靜的海上百公尺之內指揮捕魚都能聽清楚的音量，敘述了自己的感想。

「這女孩真聰明啊！」

船上別無他人，只有可以信賴的人在場，新治在十吉的央求下，慢慢地把心裡話都說出來了。但他說話實在拙劣，有時前言不搭後語，有時漏掉重要的地方，要把話說完得花很長的時間。總算談到關鍵的地方，亦即在那個暴風雨的日子裡，兩人都赤裸著身子互相擁抱卻終未成事的那一段，平素很少笑容的十吉竟然笑個不停。

「要是我呀，要是我呀！你真是坐失良機了。不過，沒玩過女人的男人，也許就是這副樣子吧。再說，這姑娘相當健壯，你也難以對付吧。儘管這樣，你也太傻冒了。哦，算了，把她娶過來，你一天幹它十次再補償補償吧。」

比新治小一歲的龍二聽了這番話，露出了似懂非懂的表情。新治也沒有在城市長大的初戀少年那種易受傷的神經。成年人的哄笑，傷害不了他，對他來說，反倒是一種慰藉、一種溫暖。蕩漾著漁船的平靜海面，使他的心平靜下來，他把心裡話都和盤托出，此時感到安詳。這個勞動場所成了他寶貴的安歇之地。

龍二主動承擔了每天早晨去取夾放在水缸蓋上的信的任務，因為他從家裡到港口途中必經照吉家的門前。

「打明天起，你就是郵局局長啦。」

難得開玩笑的十吉說了這麼一句。

每天的信成了漁船上的這三個人午休時的話題。信的內容所喚起的悲嘆與憤怒，常常由他們三人來分享。特別是第二封信成了他們憤懣的原因。信上這樣詳詳細細地寫道：深夜安夫在泉潭畔襲擊了初江，儘管初江信守諾言，對威脅安夫的言語，緘口不言，可安夫為了發泄私憤，竟無中生有地在全村到處散布謠言；照吉禁止初江與新治會面時，初江直率地辯解，並且也將安夫的暴行都端了出來。父親卻不想對安夫採取任何措施，與安夫一家依舊親密交往，然而初江連看安夫一眼也嫌骯髒云云。最後還補充了一句：請放心，我絕不會讓安夫有機可乘的。

龍二為新治感到憤慨，新治的臉上也抹過平時很少流露的怒色。

「都是因為我太窮，才不行啊！」新治說。

過去他從不曾說過這類牢騷話。他對自己竟吐出這樣怨言的軟弱，甚至比對自己貧窮更感羞恥。他的眼淚快奪眶而出。但是，他繃著臉，強忍住這意想不到的眼淚，終於沒有讓人瞧見這副難看的哭相就挺過去了。

這回十吉沒有笑。

嗜菸的十吉有個奇怪的習慣，他每天都輪換著抽菸絲和菸卷。今天是輪到抽菸卷。抽菸絲那天，他就經常將菸桿往船邊敲打，船舷一部分因此出現了小小的凹痕。他是很愛護船的，為此停止了隔日抽菸桿的習慣，改為隔日使用手工做的海松菸嘴，抽新生牌卷菸。

十吉避開兩個年輕人的目光，一邊叼著海松菸嘴，一邊眺望著滿天靉靆彩霞的伊勢海。透過彩霞，隱約可見知多半島邊上師崎一帶地方。

大山十吉的臉龐猶如一張皮革。太陽把他的臉龐，甚至連深凹的皺紋也曬得黑黝黝，散發出了皮革般的光澤。他的目光敏銳，炯炯有神，但已經失去了年輕時候的澄明，猶如經得起強烈陽光曝曬的皮膚一般的混濁。

從漁夫的豐富經驗和年歲來判斷，他知道現在需要平靜的等待。

「我知道你們在想什麼。是不是想把安夫狠狠揍一頓？可是，即使狠揍一頓也無濟於事啊。他傻就讓他傻去好了。雖說新治也很難過，不過最重要的還是要忍耐啊。就像釣魚，缺乏耐心是不成的。不用多久，一定會好起來的。只要是正確的，即使保持沉默，最後也一定會勝利的。照大爺不是傻瓜，他不會連正確與不正確都分辨不出來。安夫由他去好了。我確信正確的東西最終是堅不可摧的。」

卻說村裡的流言蜚語，如同每天運送的郵件和糧食，即使晚點，充其量也是晚一天就會傳到燈塔的人的耳裡。傳來照吉禁止初江同新治會面的消息，千代子被罪過的思緒弄得心灰意懶。新治大概不知道這個無中生有的流言竟是出自千代子吧？至少千代子是這樣相信的。但是，她怎麼樣也無法正視新治那副無精打采的臉，新治就是掛著這樣一副臉把魚送到她的家裡來的。另一方面，千代子莫名的不悅，使老好人的雙親也不知所措。

春假快將結束，千代子也要回到東京的宿舍去了。她無論如何也無法自己坦承所搬弄的是非，然而她心想：如果得不到新治的寬恕，她無法這樣返回東京，她陷入了矛盾心情當中。不坦白自己的過錯，卻希望得到新治的寬恕，而新治不知道是她在搬弄是非，又怎麼會生氣呢？

千代子返回東京的前一天晚上，借住在郵局局長家裡，黎明前，獨自向海濱走去，此時人們正在海濱忙於準備出海打魚。

大家在星光下勞動。漁船下墊著「算盤」木框，隨著眾人的吆喝聲，一步步地向海邊移動。惟有男人頭上纏著的手巾和毛巾的白色，格外的顯眼。

千代子的木屐一腳一腳地印在冰冷的沙地上。沙子又從她的腳面上悄悄地落了下去。誰都忙得無暇顧千代子一眼。每天的活計是單調的，但卻是強有力的旋律，它緊緊地抓住這些人，使他們的身體和心靈從最深層燃燒起來。千代子一想到沒有一個人像自己那樣熱衷於感情問題，心情也就有點愧疚了。

但是，千代子的眼睛竭力穿過黎明前的黑暗，搜尋新治的蹤影。那裡的男人幾乎都是同樣的裝束，黎明時分要想分辨出他們的面孔，實在太困難了。

終於，一只船下到海浪裡，像是獲救似的浮現在水面上。

千代子不由地走了過去，呼喚著頭纏白毛巾的年輕人的名字。剛想乘上漁船的年輕人回過頭來。千代子憑著年輕人的笑臉上露出的無暇的白齒，清楚地認出他就是新治。

「我今天要回東京，是來同你告別的。」

「是嗎。」……新治沉默了。他不知說些什麼才好，於是用不自然的口吻說了聲：「再見。」

新治著急了。千代子知道他著急，她比他更加著急。她說不出話來，更談不上自白了。

她閉上眼睛，暗自禱告：但願新治在自己跟前哪怕多待一秒鐘也好！於是，她明白了，她盼望他寬恕的心情，實際上就是想得到他親切的撫慰，這種長期以來的希望，只不過是帶上假面出現罷了。

千代子希望他寬恕什麼呢？這個相信自己長相醜陋的少女，突然間情不自禁地將平時壓抑在內心深處的疑團脫口說了出來：

「新治，我就那麼醜嗎？」

「什麼？」

年輕人露出莫名的神色反問了一句。

「我的相貌就那麼醜嗎？」

千代子盼望著黎明前的黑暗能掩護自己的臉，哪怕使自己多少美一點兒也好。可是，大海的東方，卻不體諒她的心情，早已發白了。

新治當即作了回答。因為他很著急，過於遲緩的回答會傷害少女的心，他欲圖從這種事態中擺脫出來。

「哪兒的話，很美啊！」新治說著將一隻手搭在船尾，一隻腳躍到船上。

「很美啊！」

誰都知道新治是不會說恭維話的。只是，問題這樣突如其來，他只有急中生智才能做出這樣得當的回答。漁船啟動了。他從遠去的船上快活地揮了揮手。

岸上只留下了幸福的少女。

……這天早晨，同從燈塔下來相迎的雙親談話的時候，千代子神采飛揚。燈塔長夫婦有點納悶：為什麼女兒要返回東京竟那樣高興？神風號聯運船離開碼頭，千代子獨自站在暖和的甲板上時，那種從今早起就不斷地回味著的幸福感，在孤獨中變得完善了。

「他說我很美！他說我很美啊！」

從那一瞬間起，千代子不厭其煩地反覆著她那句重覆了幾百遍的獨白。

「他真的這樣說了啊。光這一點就足夠了。不能期待更多了。他真的這樣說了啊！光這一點就滿足了，我不期望從他那裡獲得比這更多的愛了。因為他已經有了心上人。我為什麼要幹這種缺德的事呢？大概是出於我的妒忌，才使他陷入這麼可怕的不幸境遇吧？而且，他對我的這種背叛卻報以好意，說我很美。我一定要贖罪啊！……我一定要用自己的力量，儘可能來報答他啊！……」

……海浪傳來了不可思議的歌聲，打破了千代子的思慮。定睛一看，原來許多掛滿紅色旗幟的船從伊良湖海峽駛來。歌聲就是船上的人唱出來的。

「那是什麼？」千代子問正在繞纜繩的年輕的船長助手。

「那是去參拜伊勢神宮的船啊。從駿河灣的燒津和遠州方面攜帶家眷的船員們，乘上鰹魚船到鳥羽來了。船上掛滿了寫著船名的紅色旗幟，有的飲酒，有的歌唱，有的在賭博。」

紅色旗幟漸漸地鮮明起來。這些行駛迅速的遠洋漁船愈來愈駛近神風號，歌聲乘著海風吹拂過來，聽起來喧鬧嘈雜。

千代子心裡反覆地說道：

「他說我很美啊！」

第十二章

不知不覺，轉眼間春天快將結束。林木添綠，叢生在東側岩壁上的文殊蘭距開花期尚早，但島上到處已被各種奇花異草點綴得彩色繽紛。孩子們上學校，一些海女潛入冰涼的海水裡採摘海帶芽。白天不上門鎖、敞開窗戶的人家，家中空無人影的增多了。蜜蜂自由自在地造訪了這樣空無人影的人家，在空蕩蕩的屋子裡飛來飛去，一直線地碰上鏡面，這才驚恐萬狀。

新治不善於動腦筋，想不出與初江會面的任何辦法。雖說迄今幽會的次數甚少，但還是有相會的喜悅讓他耐心地等待著。只是現在無法相見，思見的心緒就愈發沸騰了。儘管如此，新治既然對十吉發過誓，不能撂下工作不管，只好每晚打魚歸來，瞧著行人依稀的時候，便在初江家附近徘徊，除此別無他法。初江不時地打開二樓的窗戶，探出頭來。除了月光恰巧照亮她的臉時，她的臉幾乎是籠罩在陰影之中。但是，年輕人憑著極佳的視力，連她那雙濕潤的眼睛也能清楚看見。初江顧忌左鄰右舍，沒有出聲。新治也只從後院的小石頭牆後面，不聲不響地仰望著少女的臉。這種短暫幽會的痛苦，她在翌日龍二送來的信中一定會詳細地記述，新治讀罷，總覺得她的身影與聲音重疊起來，昨夜所看見的無言的初江姿影，也就栩栩如生了。

對新治來說，這種幽會也十分痛苦。有時候，他夜間索性獨自在島上人蹤稀少的地方徘徊。藉以排解胸中的憂鬱。有時候，甚至徒步到島南端的德基王子古墳處。這座古墳占地沒有明顯的境界，不過墳頭上栽著的七棵古松之間，建有小鳥居和小祠廟。

有關德基王子的傳說，已經不可考。連德基這個奇妙的名字究竟是哪國語言也不得而知。舊曆新年舉行的古式祭祀上，每次由一對六十多歲的老夫妻輕輕打開一個奇怪的盒子，可窺見裡面裝著的一件像笏的物品。這件祕密的珍寶與王子有什麼關係，也不甚清楚。不過在更早以前，島上的孩子還管母親叫「噯呀」，據說那是因為王子管妻子叫「嘿呀」，幼小的孩子就誤叫成「噯呀」了。

據傳，古時候某遙遠國家的王子，乘上金船漂流到了這個島上。王子娶了島上姑娘為妻，死後就埋在這陵墓裡。王子的一生，沒有留下任何傳說，無論是牽強附會還是假託杜撰，任何悲劇性的故事都沒有安在這位王子的身上。這暗示著即使傳說是事實，葬身於歌島上的王子一生應該是幸福的，所以沒有故事流傳的餘地。

也許德基王子是下凡來到這未知土地的天使。王子不為世人所知，度過了他在人間的生涯，幸福和天寵都沒有離開過他。所以，他的屍體沒有留下任何故事就被埋葬在能島瞰美麗的古里海濱和八丈島的陵墓裡。

……然而，不幸的年輕人流浪到這小祠廟旁，勞累了就雙手抱膝足坐在草地上，眺望著月光映照下的大海。月亮周圍出現了風圈，預兆著明天將要下雨。

翌日早晨，龍二去取信，發現初江為了不讓雨淋濕了信，就將信夾放在水缸木蓋的一角稍偏的地方，還蓋上了一個臉盆。出海的整整一天，雨淅淅瀝瀝地一個不停。午休時間，新治蒙上雨衣，讀了收到的信，字跡難辨極了。因為信是一大早寫的，如果亮燈會讓家人懷疑，也就在被窩裡摸索著寫就。平時是在白天空閒的時候寫，趕在早上出海之前「投遞」，可是這天早晨有要事告訴新治，也就將昨日寫好的長信撕掉，另寫了這封信。

信上說，初江做了個吉利的夢。她夢見神靈來報夢，知道了新治是德基王子的化身，圓滿地同初江結了婚，生下了一個珠玉般的孩子。

按理說，新治昨晚拜謁德基王子古墳，初江是不可能知道的。他受到這種奇妙感應的衝擊，想在今晚回家以後好好寫封信，敘述初江圓夢的根據。

新治幹活掙錢以後，母親可以不用再在海水還冰冷的時候幹海女活了。她想待到六月份再下海潛水。然而，愛幹活的她，隨著氣候轉慢，光幹家務就嫌不夠，一空閒下來，總是要為多餘的事操心。

她常常將兒子的不幸掛在心上。比起三個月以前，如今新治簡直判若兩人。現在雖然他和過去一樣，依然是訥訥寡言，但洋溢在年輕人臉上的快活勁已經全然消失了。

一天上午，母親幹完縫補的針線活兒，晌午百無聊賴，茫然地思索著解救兒子不幸的辦法。太陽照射不到自家的房子裡，但在鄰居的泥灰牆倉庫的屋頂上，可仰望到部分晚春晴朗的天空。母親決定到外面走走，便一直走到了防波堤上，眺望著碎浪。她也和兒子一樣，每當思考問題的時候，總是想去同大海商量。

在防波堤上，曬滿了繫著捕章魚罐的繩子。在幾乎看不見船隻的海濱上，晾曬了一大片魚網。母親看見一隻蝴蝶從晾開的魚網那邊向防波堤翩翩翻地飛了過來。牠的黑色翅子又大又美。蝶兒可能是要飛落在這些漁具、沙灘和水泥地上尋覓什麼新奇的花兒吧。漁夫們的家沒有像樣的庭院，只有沿街用石頭圍成的小花壇，蝶兒似乎厭煩這些小氣的花兒，才飛來海濱的吧。

防波堤外側，波浪總是亂翻著堤岸邊下層的土，堤岸邊沉澱著黃綠色的混濁物。波浪湧來，混濁物泛起。母親看見蝴蝶忽兒離開了防波堤，飛近混濁的海面，彷彿要在上面落腳；

忽兒又高高地翩翩飛舞。

「多奇怪的蝴蝶啊，像在模仿海鷗呢。」

她這麼想著，注意力完全被蝴蝶吸引過去了。

蝴蝶翩翩高飛，欲迎著海風飛離海島。風是平和的，但對蝴蝶的柔軟翅膀來說，風的撞擊力還是很強大的。儘管如此，蝴蝶還是飛向高空，遠離了海島。母親凝望著耀眼的天空，直到蝴蝶變成了一個黑點。蝴蝶總是在她的視野之內振翅飛翔，但受到海的寬廣和閃耀所眩惑，蝶兒眼裡映現出來的鄰近島影似近實遠，牠對這樣的距離感到了絕望，這回低低地飄忽在海面，又折回到防波堤上。落在晾曬著的魚網繩子所劃出的影子上，添上了粗粗的網眼般的影子。

母親是不相信任何暗示和迷信的，然而這隻蝴蝶的徒勞，卻在她的心上投下了陰影。

「蝴蝶真傻啊。要是想飛到別的地方，落在聯運船上不就能輕輕鬆鬆地離開這個海島了嗎？」

她在島外沒有什麼事情，已經好多年沒有乘過聯運船了。

……不知為什麼，這時新治母親的心竟然萌生了如此無比的勇氣。她邁著堅定的步子，快步離開了防波堤，途中遇見的一個海女，向她打了招呼，她沒有回應，像是被什麼東西吸引住似的，一個勁地向前走，海女不禁嚇了一跳。

在村子裡，宮田照吉是個屈指可數的財主。他家的房子並不比周圍的人家高多少，只不過是新建罷了。這幢房子沒有大門，也沒有石頭圍牆。入口左側是廁所的掏糞口，右側是廚房的窗戶，恰似左大臣和右大臣相對坐在階梯式的台上，以同等資格在堂堂地抒發己見。這種布局也與其他人家別無二致。只是這幢房子建在斜坡上，用做倉庫的地下室，使用了堅固的鋼筋水泥，牢牢靠靠地將它支撐著。地下室的窗，是靠小巷而開。

廚房門口的一旁，放置著一個可容納一人的大水缸。初江每天早晨夾信的木蓋，從表面上看，仍然原樣地蓋在水缸上，以防止塵埃落進水缸裡。可是，一到夏天，死蚊子和死羽虱仍不知不覺地、不可避免地漂浮在水面上。

新治的母親想從入口處走進去，卻又躊躇不前。平日她與宮田家沒有交往，如今她要造訪宮田家，光這一點就足夠村裡人掛在嘴邊了。她環視了四周，闃無人影。兩、三隻雞在小巷裡走蕩，只有透過後面人家稀疏的杜鵑花葉影，才能窺看到下方的海色。

母親用手攏了攏頭髮，但髮絲依然被海風吹得零零亂亂，她從懷裡掏出一把缺齒的紅色賽璐珞小梳，麻利地梳了梳。她穿的是便服。她的臉未施脂粉，胸脯曬得黝黑，一身扎腿式的勞動服淨是補丁，腳登木屐，沒有穿著襪子。由於當海女長年累月踩海底的習慣，她的腳幾度受傷，卻鍛鍊得結結實實，浮出海面時，可見其腳趾甲又硬又尖，而且彎曲，形狀絕不美，可這雙腳踏地卻是穩固而不搖晃。

她走進土間。已有兩、三雙木屐雜亂地脫在那裡。其中一只翻了過來。紅色木屐帶的一雙，像是剛去過海邊，濡濕的沙子還殘留下一個腳印。

家中悄然無聲，空氣中飄蕩著一股廁所的臭味。圍繞著土間的房間昏昏暗暗，屋裡頭的正中，從窗戶投射進來一束猶如薑黃色包袱巾大小、輪廓分明的陽光。

「屋裡有人嗎？」

母親招呼了一聲。她等了一忽兒，不見回應，又招呼了一聲。

初江從土間一側的樓梯上走了下來，說：

「呀，伯母。」

她身穿樸素的扎腿式勞動服，頭髮上繫著一條黃絲帶。

「好漂亮的絲帶啊！」

母親恭維了一句。她邊說邊仔細端詳著自己兒子所朝思暮想的女孩。也許是心理作用，她的胸部稍消瘦些，肌膚多少也有點慘白，因此她那雙黑眼珠就更加澄明亮晶，引人注目。初江知道她在觀察著自己，臉上飛起一片紅潮。

母親確信自己的勇氣。她要會見照吉，申訴兒子的無辜，說出真相，以促成兩人結成佳偶。這件事只有由雙方家長商量解決，除此以外別無他途……

「你爸爸在家嗎？」

「在。」

「我有事要找你爸談談，請你給轉告一下好嗎？」

「好的。」

少女帶著不安的表情，登上了樓梯。母親在二道門的底框邊上坐了下來。母親等了很久，心想要是隨身帶香菸來就好了。等著等著，她漸漸失去了勇氣。她明白過來了，原來自己所抱的空想是多麼狂妄啊！

靜謐中傳來了樓梯的吱吱聲。初江下樓來了。可是，她走到半途，就稍扭轉身子說：

「呃……，爸爸說他不見客。」

樓梯附近暗沉沉的，初江低下頭來，看不清她的臉龐。

「不見？」

「嗯……」

這一回答，把母親的勇氣完全挫傷了。屈辱感將她驅動到另一種激情中。她倏然回想起自己漫長一生的勞苦，以及孀居之後說不盡的艱辛。於是，她用幾乎唾沫濺出來的氣憤口吻，大聲申斥道：

「好啊，你是說不想見我這個窮寡婦嗎！你是說希望不要再踏進你家的門檻嗎！我把話說在前面，轉告你父親，我也不會再踏進這種人的家門半步了！」

她說著一半身體已出了門口。

母親無意中向兒子坦白了這次失敗的始末。她亂發脾氣，憎恨初江，說初江的壞話，反而同兒子起了衝突。翌日，一整天母子雙方都不張口說話，到了第三天就和解了。母親突然想起向兒子哭訴，便把訪問照吉的失敗全抖落了出來。至於新治，他早已從初江的來信了解到這些情況了。

母親訴說時，把自己臨走時所說的那番胡言都給省掉，而初江為了不傷新治的心，也把他母親那番胡言給省略了。所以新治內心湧起一股母親吃了閉門羹的屈辱感。年輕人心地善良，他覺得母親說初江的壞話，即使不能說都是合乎道理，但也沒有法子啊。他暗下決心，儘管他以前對母親從不隱瞞自己對初江的戀慕之情，但今後除了對師傅和龍二以外，對誰也不吐露了。

由於善意的行為失敗了，母親也顯得落寞了。

自從發生這件事之後，幸好一直沒有漁休日，否則就會感嘆不能與初江見面的這一天，時間過得太漫長了。就這樣，他們兩人一直沒有相會的機會，五月來了，一天龍二帶來了一封令新治欣喜的信。

明天晚上，父親難得要請客。那是從津縣政府來的客人，準備在我家中留宿。父親接待客人，一定喝大酒，然後早早就寢。估計晚上十一點左右我可以溜出來。請你在八代神社內等候我……

這一天，新治打魚歸來，換上了一件新襯衫。母親不明底細，探頭探腦地望了望兒子的身影。彷彿再次看到了兒子在暴風雨中的形象。

新治早已有所體驗，他懂得等候的痛苦。他想，讓女方等候就好吶。可是他知道不能這樣做。母親和阿宏一就寢，他就出門了。這時，距十一點還有兩個鐘頭。

他心想，不如到青年會去消磨時間吧。從海濱小屋的窗流瀉出了燈光，傳來了泊宿在那裡的年輕人的話聲。新治覺得他們在議論著自己，便離開了那裡。

晚上他來到了防波堤上，迎面吹拂著海風。他不由得憶起從十吉那裡頭一回聽說初江身世那天傍晚的情景——他帶著不可思議的感情，目送從水平線上晚霞前駛過的一艘白色貨輪的影子。那是一艘「未知」船。遠眺「未知」，他的心是平和的，但一旦乘上「未知」出航，就交錯地湧上了不安、絕望、混亂和悲嘆。

他覺得此刻自己理應為喜悅而振奮，可他隱約明白：自己受到了某種挫傷，興奮不起來。初江今晚見面，將會迫切地要求儘速解決。兩人私奔嗎？可是，他們兩人都住在孤島上，即使想乘船逃走，自己沒有船，首先也沒有錢。一起殉情嗎？島上也曾經有人殉死，可他們是只考慮自己的利己主義者。這麼一想，年輕人堅實的心也就拒絕這樣的想法。他一次也沒生起死的念頭。更重要的是，他需要贍養家人。

他左思右想，時間意外地過得飛快。他本來並不善於思考，現在發現思考竟有一種意想不到的效果，消磨時間的效果，因而感到震驚。然而，健壯的年輕人斷然停止了思考。因為思考雖有很大的效果，但他更發現思考這種新的習慣，極端地危險。

新治沒有手表。具體地說，他不需要手表。白天黑夜他都有種不可思議的才能，能本能地判斷時間。

譬如，觀察星星的運轉。雖然他不擅長於星星運轉的精密測定，但是他憑藉身體可以感知黑夜大環的循環和白晝大環的循環。只要置身於與大自然關聯的一角，就不可能不知道大自然的正確秩序。

實際上，新治在八代神社辦公室門口的台階上坐下來的時候，已經聽到敲響十點半的鐘聲。神官的家人都已入夢，夜闌人靜，年輕人將耳朵貼在木板套窗上靜聽，仔細地數了數掛鐘輕輕地敲響的十一點的鐘聲。

年輕人站起身來，穿過松林的陰暗的樹影，立在二百級的石階上。沒有月亮，薄雲籠罩著天空，稀疏的星星在閃爍。石灰石的石階處處都撒下了黑夜的微光，在新治的腳下布滿了白茫茫的一片，恍如巨大而莊嚴的瀑布。

伊勢海寬廣的景致完全隱藏在黑夜之中。比起知多半島和渥美半島的疏疏落落的燈火，宇治山田一帶的燈光比較集中，無間斷地連成一片，蔚為壯觀。

年輕人為自己穿上新襯衫而自鳴得意，選擇這種特別的白色，即使是在二百級台階的最下方也能赫然跳入眼簾的吧。在約莫一百級的地方，左右兩側伸出的松枝，在台階上投下了黑影。

——石階下方出現了一個小小的人影。新治異常喜悅，心潮澎湃。一心只顧跑上石級的木屐聲，發出了與那小小的身影很不相稱的回響，響徹了四周，但仍看不見她的氣喘吁吁的模樣。

新治按捺住自己也想跑下去的心緒。因為他已經這樣等候了多時，也有權利悠然地在台階最上方等候。也許等她來到能望見她的臉的地方，年輕人會不甘於抑制情不自禁地想要大聲呼喊她的名字的心情，而一股作氣地跑下去吧。在什麼地方才能清楚地看見她的臉呢？是在第一百級的地方?!

——這時候，新治聽見腳下傳來了異樣的憤怒聲。這憤怒聲似乎呼喚了初江的名字。

初江突然在第一百級稍寬的石階上停住了腳步。她的胸脯激烈地起伏。躲藏在松樹背後的父親露出了身影。照吉抓住了女兒的手腕。

新治看見父女兩人三言兩言地進行激烈的交鋒。他彷彿被捆住似的，呆然不動地站在石階的最上方。照吉連頭也不回過來瞧新治一眼，依然抓住女兒的手，從石階上走了下去。年輕人無計可施，彷彿半邊腦袋都麻木了，依然以同樣的姿勢，呆立不動，像衛兵似的站在石階的最上方。父女兩人走下台階，向左拐後，身影就消失了。

第十三章

對於島上的女人來說，海女季節就像城裡的孩子帶著壓抑的心情面對期考的季節一樣。這種技能是從小學二、三年級開始在海底玩爭石頭的遊戲鍛鍊出來的，再加上競爭的作用，自然而然地進步起來。好不容易進入此門道，隨心所欲的遊戲一旦變成嚴肅的工作，女孩們就發怵了。春天乍到，她們就為夏天之將至而煩惱了。

諸如冰冷、喘息、海水滲入水中眼鏡時的無法形容的苦痛、在再夠二、三寸手就能夠著鮑魚時襲出全身的恐怖感和虛脫感，還有各種創傷、蹬海底漂浮上來時尖利的貝殼扎手指的傷痛、潛水過度之後像鉛一般死沉的倦怠……這些現象在記憶裡愈來愈深刻，經過多次反覆，就愈發可怖，噩夢往往突然在連做夢的餘地也沒有的熟睡中把女孩們驚醒，深夜裡透過什麼事也沒有發生的平和的臥鋪四周的黑暗，讓人看到了滲滿自己掌心上的汗珠。

有丈夫的上年紀的海女們則不一樣，她們潛水上來時就大聲歌唱，放聲大笑、說話。在她們的生活節奏裡，工作和娛樂似乎已渾然一體。年輕女孩看見這般情景，心想：自己絕對做不來，過幾年後，發現自己也不知不覺地成了這些快活而幹練的海女中的一員，感到驚愕不已。

六、七月間，是歌島海女的勞動高潮期。她們的根據地是辨天岬東側的庭園海濱。

這一天，時值梅雨前夕，在已不能說是初夏的烈日下的海濱，焚起篝火，煙霧隨南風飄到王子古墳那邊。庭園海濱環抱著一個小小的海灣，海灣瀕臨太平洋。夏雲升騰在遠方的海面上。

小小的海灣名副其實地擁有庭園的結構。圍繞海濱，布滿了石灰岩。模仿西部劇遊戲的孩子們藏身在岩石後面，手槍發射子彈，這裡確是適合布署的好地方，而且表面光滑，到處都有小指頭般大小的洞穴，成了螃蟹和蟲子的棲身之地。被岩石環繞的沙地，一片白晃晃，臨海的左方懸崖上，花盛時的文殊蘭不是衰落期的凋零花兒，而是官能性地將潔白似蔥花瓣伸向蔚藍天空。

午休，篝火的周圍談笑風生。沙地還不至於灼得腳板發燙。儘管海水還很冰涼，從海水裡上來還不至於冷得非趕緊穿上棉襖烤火不可。大家一邊縱聲大笑，一邊相互自豪地挺起胸脯顯示自己的乳房。有的人還用雙手捧起自己的乳房。

「不行，不行。不把手放下來，不行。用手捧起來，不管怎樣，也夠騙人的呀！」

大家都笑了。接著互相賽比乳房的形狀。

無論哪對乳房都被曬得黝黑。它沒有神祕的白，更看不見透出的靜脈，看來也不是只有那兒的皮膚特別敏感。但被太陽烤赤的皮膚，滋養著蜜一般半透明的、光潔可愛的色彩。乳頭四周乳暈的暈影，就是那種色彩的自然延續，並不是唯有那兒才帶有黑色濕潤的祕密。

擁擠在篝火四周的許多乳房中，有的已經乾癟，有的像乾葡萄又乾又硬，只有乳頭多少留下昔日的風采。一般來說，她們的胸部肌肉相當發達，乳房沒有沉甸甸地垂下來，還保持結實地雄峙在寬闊的胸脯上。這種狀況，說明這些乳房毫不羞怯，像果實一樣天天在太陽下滋養出來。

一名女孩苦惱於左右乳房大小不一。一名直爽的老太婆安慰地說：

「不必擔心嘛。將來情郎會給你撫摸得很美的啊。」

大家笑了。女孩依然擔心似地追問道：

「真的嗎？阿春婆。」

「當然是真的囉。從前也有這樣一個女孩，有了情郎以後，就變得勻稱了。」

新治的母親最引以自豪的，就是自己的乳房還是那樣光潔。比起有丈夫的同齡人來，特別年輕有彈性。她的乳房似乎是不知愛的飢渴和生活的辛勞。夏季裡，她經常將臉朝向太陽，直接從太陽獲得取之不盡的力量。

年輕女子的乳房並不那麼激起新治的母親的妒忌心。然而，唯有一對美麗的乳房，豈止是新治的母親，就連一般人也讚嘆不已的。那就是初江的乳房。

今天是新治的母親今年頭一次參加潛水作業，也是她頭一次有機會仔細觀察初江。自上回她說過那番胡言之後，她和初江相遇雖然也交換注目禮，但是初江本來就不是話多的人，而且今天她東忙忙西忙忙，彼此沒有很多說話的機會。即使在這種比較乳房的場合，話多的還是以年長的婦女為主。本來已感到拘束的新治母親，也就不想特意從初江那裡引出話題來。

然而，一看見初江的乳房，新治的母親就斷定，隨著時間久了，有關初江和新治的謠言，肯定會煙消雲散的。看到這對乳房的女人絕不會再懷疑了。因為這絕不是一對作過愛的乳房，它還只是行將綻開的蓓蕾，一旦開花，不知該有多美啊！

在雄峙著一對薔薇色蓓蕾般略微高聳的山峰之間，嵌著一道狹谷，它被太陽烤灼，然而肌膚纖細、柔潤，卻不失一派冰涼，飄逸出早春的氣息。搭配著四肢勻稱的發育，乳房的發育也絕非晚熟了。這帶有幾許堅硬的豐隆，只要少許羽毛的一觸，習習微風的愛撫，即將甦醒的睡眠，眼看就被驚醒了。

這對健康的處女乳房，形狀之美難以形容。老太婆情不自禁地用她的粗糙的手觸了觸初江的乳頭，初江嚇得跳了起來。

大家都笑了。

「阿春婆懂得男人的心情吧。」

老太婆用雙手揉了揉自己皺巴巴的乳房，尖聲說道：

「什麼呀，那還是個未熟的青桃吶。可我的是腌透了的陳鹹菜，味香啊！」

初江笑了，甩了甩她的頭髮。從頭髮上灑下了一片透明的綠色海藻，落在耀目的沙灘上。

大家正在吃午飯的時候，一個熟悉的異性掐準恰當的時刻，從岩石背後露出了身影來。海女們故意驚叫起來，她們把竹皮飯盒放在一旁，捂住了乳房。實際上，她們並不是那麼驚訝。這個不速之客是按季節來到島上的年老的貨郎。她們戲弄這個老者，刻意佯裝害羞的樣子。

老人身穿縐縐巴巴的褲子和白色的開襟襯衫。他把背著的一個大包袱卸在岩石上，拭了拭汗水。

「不用那樣驚慌嘛。要是我來這兒不方便，我回去就是囉。」

貨郎特意這麼說。因為他知道在海濱上讓海女們看貨物，最能激發她們的購買欲望。在海濱上，海女們變得大方了。貨郎讓她們隨意挑選貨物，晚上送貨上門才收她們的貨款。海女也樂意在陽光下分辨衣物的色調。

老貨郎把貨物攤放在岩石背後的地方。婦女們嘴裡塞滿了各式食物，在貨物的周圍圍成了一堵人牆。

貨物有單和服、便服、童裝、單層腰帶、褲衩、襯衫、女和服用絲帶。

貨郎打開裝滿了貨物的平整的木箱蓋，婦女們同時發出了讚嘆聲。內中塞滿了美麗的小百貨，小荷包、木屐帶、塑料手提包、絲帶、胸針等等，琳琅滿目。

「所有東西都是大家想要的啊！」一個年輕的海女坦率地說。

無數的黝黑的手很快就伸了過去，精心地挑選，品評這些貨物，彼此交換意見乃至爭論是合適還是不合適，還半開玩笑地開始討價還價。結果，賣出計有單和服兩件、混紡單腰帶一條，以及零星雜貨，近千圓的貨錢。新治的母親買了一個兩百圓的塑膠購物袋。初江買了一件白地印有牽牛花的年輕人流行的單和服。

老貨郎對這筆意想不到的買賣十分高興。他瘦骨嶙峋，從開襟襯衫的領邊露出了曬得黝黑的肋骨。斑白的頭髮理得很短，從臉頰到太陽穴周圍刻上了道道黑色的皺紋。香菸染髒了的牙齒稀稀疏疏，說話很難聽清楚，尤其大聲說話更難聽清楚。不管怎麼說，海女們通過他的臉部痙攣般顫動的笑，以及過分誇張的動作，就知道他能夠做到「不計較得失」的優質服務。

貨郎急忙用長著長指甲的小指，在小百貨盒裡撥弄了幾下，將兩、三個漂亮的塑料手提包拿了過來。

「瞧，這藍色的適合年輕人，茶色的適合中年人，黑色的適合老年人……」

「我，應該是買適合年輕人的呀！」

阿春婆用笑話打岔說，逗得大家都樂了。老貨郎愈發扯著嗓門喊道：

「最新流行的塑膠手提包，一個正價八百圓！」

「喂——太貴啦。」

「反正是謊價。」

「八百圓，貨真價實，還免費贈送一個給各位當中的一位，酬謝大家的光顧。」

大家天真地一起將手伸了過去。老貨郎故作姿態，拂開了她們的手。

「一個，只給一個。祝賀歌島的繁榮，我近江屋大犧牲酬客。誰贏了就送給誰一個。年輕的贏了，就送給藍色的。中年太太贏了，就送給茶色的……」

海女們倒抽了一口氣。因為如果得手，就可以白得一個八百圓的手提包。

自信可以從這種沉默中收籠人心的老貨郎想起自己的過往，他從前當過小學校長，因為女人問題而失職，落得這種身分，他企圖再次充當運動會的主辦者。

「反正搞競賽，還是搞為歌島村報恩的競賽好。怎麼樣？大家比賽採鮑魚吧。一個小時內看誰採得最多，獎品獎就給誰。」

他鄭重地在另一岩石後面鋪上一塊包袱巾，隆重地擺上了獎品。其實所有獎品都是五百圓左右的東西，卻看似值八百圓的。適合年輕人的獎品是藍色盒形手提包，像新造的船，呈鮮豔的蔚藍色，同鍍金的帶釦的閃光，形成妙不可言的對照。適合中年人的茶色手提包也是盒形的，是很講究的假駝鳥皮壓膜，乍看同真駝鳥皮一模一樣，很難區別出真假來。只有適合老年人的黑色手提包不是盒形的，但無論是細長的金帶釦還是寬長的船形，的確是典雅的高級手工藝品。

新治的母親一心想要適合中年人的茶色手提包，她最先報了名。

接著報名的是初江。

運載著自願報名的八名海女的船離開了海岸邊。掌舵的人是一個不參加比賽的中年胖女人。八人當中初江最年輕。自知反正賽不過人家因而棄權的女孩們都聲援初江。留在海灘上的婦女各自聲援自己偏愛的選手。船沿著海岸從南側駛向島的東側去了。

其餘的海女把老貨郎團團圍在中間，唱起歌來。

海灣的海水湛藍、清澄，在波浪還沒有把水面攪濁之前，布滿紅色海藻的圓形岩石彷彿漂浮在水面，清晰可見。實際上，這些岩石是在很深的海底，波浪通過上方，翻滾了起來。浪紋、湧波和飛沫，如實地在海底的岩石上落下了影子。波濤一湧上來，就拍擊在海岸的岩石上破碎了。於是，似是深深的嘆息聲響徹整個海岸，也遮蓋住了海女們的歌聲。

一小時過後，船從東邊海岸返航了。因為比賽，這八個人比平時都疲憊。她們裸露著上半身，互相依偎，沉默不語，把視線投在各自所好的方向。濡濕了的蓬亂頭髮，與鄰者的頭髮纏在一起，難分難解。也有兩人互相擁抱，抵御寒意。乳房起了雞皮疙瘩。陽光璀燦，她們被太陽曬黑的裸體，活像蒼白的溺斃屍堆。海岸邊上的人迎接這些參賽者的熱鬧，與無聲響、安穩地前進的船隻很不相稱。

八個參賽者下了船，立即癱倒在篝火四周的沙地上，話也說不出來。貨郎一個個地從她們的手裡接過水桶檢查了一遍，大聲地數起鮑魚數來。

「二十隻，初江第一名。」

「十八隻，久保太太第二名。」

第一、第二名是初江和新治的母親。她們用勞累充血的眼睛交換了一下目光。島上最老練的海女敗給了接受外地海女訓練的技術嫻熟的少女。

初江一聲不言地站了起來，走到岩石後面去領取獎品。她拿來的是適合中年婦女用的茶色手提包。少女把它硬塞在新治母親的手裡。新治的母親臉頰緋紅，喜形於色。

「為什麼給我……」

「因為家父曾經說過一些對不起您的話，我老想著要向您賠禮道歉啊。」

「真是個好閨女啊！」貨郎說道。

大家也異口同聲地稱讚了一番，並勸說新治母親接受這份厚意。她鄭重地用紙把茶色手提包包好，掖在裸露的掖下，爽快地致謝說：

「謝謝！」

母親坦率的心，正面接受了少女的謙讓。少女微笑了。母親心想，兒子挑選的兒媳婦真賢慧啊！——島上的「政治」總是這樣地進行著。

第十四章

梅雨季節，初江的信也中斷了。新治每天都十分痛苦。初江的父親之所以在八代神社加以阻撓，大概發現了女兒寫信的事，後來就堅決禁止女兒執筆寫信了。

梅雨季節尚未完全過去。一天，照吉的歌島號機帆船的船長到島上來了。歌島號停泊在鳥羽港。

船長首先到照吉的家，然後到安夫的家。入夜再到新治的師傅十吉的家，最後才到了新治的家。

船長四十開外，養育三個孩子。他是個彪形大漢，素以健壯、力大而自豪。為人忠厚。還是個熱心的法華宗信徒，陰曆盂蘭盆節，他只要在村上，就代理和尚誦經。船員們都管船長的女人叫橫濱大娘，或門司大娘。每次船長抵達這些港口，都帶領年輕人到當地女人的家喝上幾盅。大娘們衣著樸素，對年輕人照顧得十分周到。

人們背地裡說，船長的腦袋所以半禿，是因為好玩女人造成的。船長也因此而經常戴著金絲緞制帽，以正威儀。

船長來了。他旋即當著新治和他母親的面，商量起有關事情來。這漁村的年輕小伙子，十七、八歲都上船當伙夫，接受船員的訓練。所謂伙夫，就是在甲板上見習。新治也快到這個年齡了。船長說：你願不願意作為歌島號的伙夫到船上工作呢？

母親不言語。新治答說等我和十吉師傅商量後再回覆您吧。船長則說已經徵得十吉師傅同意了。

儘管如此，有件事卻讓人納悶。歌島號是照吉的船隻。照吉理應不會讓他所憎恨的新治到自己船上工作的。

「不，只要你成為一名好船夫，照大爺也會贊同的。我說出你的名字以後，照大爺也同意了。你就賣力氣好好幹活就是。」

為慎重起見，新治和船長兩人造訪了十吉家。十吉也好言相勸。他說，新治走了以後，作為太平號來說，當然是個損失。不過，我們也不能耽誤年輕人的前途啊。於是，新治就答應了。

翌日，新治聽到了一個奇怪的傳言，說安夫也同樣決定到歌島號上當伙夫。不過，並不是安夫自願的，而是因為照大爺宣布過，作為與初江訂親的條件，他必須完成這項訓練任務。這是他不得已而為之的。

新治聽了傳言，心中湧起一股不安和悲傷，也湧起了一線希望。

新治和母親一起去參拜八代神社，祈求航海平安，還求來了一個護身符。

登船當日，新治和安夫在船長的陪同下，登上了神風號聯運船，開往鳥羽。給安夫送行的人甚多，其中也有初江，卻不見照吉的身影。給新治送行的，只有母親和阿宏。

初江沒有瞧新治一眼。船隻快啟航的時候，初江把嘴貼在新治母親的耳朵上，還交給她一個小紙包。母親將它遞給了兒子。

上船之後，船長和安夫在場，新治無法打開紙包瞧瞧。

他眺望著慢慢遠離的歌島。年輕人生在這個島、長在這個島，最熱愛這個島，可是這時他驀然地發現自己多麼想離開這個海島啊！他之所以接受船長的要求，也是因為他希望離開這個海島。

島影隱沒以後，年輕人的心才平靜下來。這次與平時打魚不同，今晚上不必回島上了。他內心呼喚：我自由了！他這才曉得世上還有這種奇妙的自由。

神風號在濛濛細雨中前進。船長和安夫躺在昏黑船艙裡的榻榻米上入睡了。安夫上船之後，還沒有同新治說過一句話。

年輕人把臉貼在落上雨點的舷窗上，藉著一點亮光，查檢了初江的紙包的內容。紙包裡有八代神社的護身符、初江的照片和信。信是這樣寫道：

今後我會天天參拜神社，祈禱新治你平安無事。我的心是屬於你的。請你保重早日回來！送上我的一幀照片，但願它能伴你一起出航。這是我在大王崎拍的照片……這回父親什麼也沒說，特意讓新治你和安夫同乘自己的船，大概是有什麼考慮吧。我彷彿看到了希望。請不要灰心，加油！

這封信給年輕人增添了勇氣。他感到胳膊充滿了力量，渾身熱血沸騰，生活也有意義了。安夫還在夢鄉中。新治藉著窗外的亮光，仔細地端詳著依靠在大王崎巨松上的少女的照片。照片上，海風掀動著少女的裙襬。去年夏天，少女穿著的潔白連衣裙也是這樣被風掀動，吹拂著她的肌膚。他憶起自己也曾有一次身臨海風的吹拂，給他增添了力量。

新治捨不得將照片收起來，一直在端詳著。立在舷窗一端的照片的背後，煙雨迷濛的答志島緩慢地從左方移動過來……年輕人的心又變得不平靜了。希望絞痛著他的心。對他來說，這種苦戀已經不是新鮮的東西了。

歌島號抵達鳥羽的時候，雨已經停息。煙雲已經消散。微弱的光線，透過雲隙灑落了下來。

停泊在鳥羽港的船隻，大多是小漁船，一百八十五噸的歌島號也就格外醒目了。三人來到了雨後陽光燦爛的甲板上。雨點沿著白色的桅桿閃閃爍爍地流落下來。威嚴的吊車在船艙上曲著身子。

船員們還未歸來。船長領著兩人到了客艙。客艙在船長室的貼鄰、廚房和餐廳的上方，是八鋪席寬的房間。艙室裡除了堆放雜物和中央鋪板鋪上帶邊席子之外，右側擺放著兩張雙層床，左側擺放著一張雙層床和輪機長的臥鋪，僅此而已。天花板上張貼著三張女明星的照片，像是張貼護身符似的。

新治和安夫被分配睡在靠右側的雙層床上。除了輪機長外，還有大副、二副、水手長、水手和操機手。不過，經常有一兩人出去值班。這麼幾張臥鋪就夠了。

然後船長帶領他們兩人參觀了船上的瞭望塔、船長室、船艙和餐廳，之後說了聲「船員們回來之前，你們在客艙裡休息吧」，就離去了。他們兩人留在客艙裡，你看我我看你，安夫有點沮喪，妥協了。

「就剩下你我兩人了，在島上雖然發生過種種事情，但今後讓我們友好相處吧。」

「哦。」

新治訥訥寡言，只微笑著應了一聲。

——臨近傍晚時分，船員們回到船上來了。他們幾乎都是歌島出身，與新治和安夫都相識。渾身帶酒氣的這伙人，戲弄了這兩個新來的人。告訴這兩人每天需做的工作，以及交待他們各項任務。

船是明早九點啟航。早早分派給新治的任務是，明日天蒙蒙亮時，將停泊燈從桅桿上取下來。船上的停泊燈熄滅了，就像陸上人家打開木板套窗，是已經起床的信號。這天夜裡，幾乎輾轉不能成眠的新治，日出前就起床，四周剛剛發白，他就把停泊燈取了下來。晨光被濛濛細雨所籠罩。兩排的海港街燈，一直延伸到鳥羽火車站。火車站那邊響起了貨運列車粗大的汽笛聲。

年輕人爬上了收了帆的光禿禿桅桿。濡濕了的桅桿涼颼颼的。舔著船腹的波浪微微蕩漾，正確地傳到了桅桿上。停泊燈在煙雨中透露了第一絲的晨光，呈現出潤澤的乳白色。年輕人將一隻手伸向了吊鉤。停泊燈不願意被卸下來似的大幅度地搖搖擺擺，濕漉漉的玻璃燈罩裡的火焰閃閃爍爍。雨點滴落在年輕人抬起的臉上。

新治沉思著，下次卸下這盞燈時會是在哪個海港泥？

歌島號包租給山川運輸公司做運輸船，將木材運送到沖繩，然後回到神戶港，往返約莫一個半月。船通過紀伊海峽，順便駛往神戶，經瀨戶內海往西駛去，在門司接受海關的檢疫。爾後從九州東岸南下，在宮崎縣日南港領取出港執照。日南港設有海關辦事處。

位於九州南端大隅半島的東側，有一個名叫志布灣的海灣。面臨這海灣的福島港，位於宮崎縣的盡頭，火車開往下一個站的時候，越過了同鹿兒島縣的交界線。歌島號在福島港裝卸貨物，裝上了三百九十二立方公尺的木材。

離開福島以後，歌島號與遠洋輪一樣了。從這裡起，約莫要行駛兩晝夜乃至兩晝夜半才能抵達沖繩。

……沒有裝卸任務或空閒的時候，船員們閒極無聊，就滾在客艙中央的三鋪席榻榻米上，聽著手提式唱機的唱片。唱片僅有幾張，大部分都已磨破了，加上唱針生鏽，放出了沙啞的歌聲。全部唱片同樣是以回憶海港、水手、霧、女人，以及在詠嘆南十字星、酒和唉聲嘆息中告終。輪機長是個五音不全的人，他欲圖出航一次學會一支歌，但總是記不住，待下次出航時又忘得一乾二淨。船突然搖晃了起來，唱針斜斜地滑落下來，唱片損壞了。

晚上，有時候又漫無邊際地議論到更深夜半。議題多半是「關於愛情與友情」、「關於戀愛與結婚」、「有無與生理鹽水同樣大的葡萄糖液」等等。一議論就是幾小時。結果，堅持到底者便獲勝。島上青年會會長安夫的議論頭頭是道，博得前輩的敬佩。新治只是默默地抱著雙膝，微笑著傾聽大家的意見。輪機長曾對船長說，他準是個笨蛋。

船上生活非常緊張。剛一起床就忙碌起來，從清掃甲板，一切的雜務都落在新手的身上。安夫偷懶，漸漸令人難以容忍。他的態度是，只要完成任務就足夠了。新治庇護安夫，也幫著幹起安夫的工作。所以安夫的工作態度，並沒有馬上被人發現。可是，一天早晨，安夫在清掃甲板時悄悄地溜了出來，佯裝上廁所，實際是到客艙偷懶去了。這時水手長生氣地責備他，他卻很不合宜地回答說：

「回到島上，我就成為照大爺的女婿了。這樣一來，這船就是我的啦。」

水手長悖然大怒，可又擔心萬一果真如此發展，事情就麻煩了。所以他也不敢直接批評安夫，只是把這個不順從的新手的回答悄悄地告訴了同事。結果反而對安夫不利。

忙忙碌碌的新治要不是利用每晚睡覺前的時間或值班的機會，連看初江的照片的閒暇也沒有。這幀照片，他是不讓任何人看的。一天，安夫又吹噓起他快成為初江的夫婿，新治對他進行一次罕見有心機的報復。他問安夫：那麼，你有初江的照片嗎？

「有，有呀！」安夫立即回答。

新治知道這明明是撒謊。他心中充滿了幸福感。過了片刻，安夫若無其事地問道：

「你也有吧？」

「有什麼？」

「初江的照片唄。」

「不，沒有。」

這大概是新治生平頭一次撒謊。

歌島號抵達那霸，接受海關檢疫後，進港卸了貨。船兒被迫停泊了兩、三天。因為要從運天港裝載廢鐵運回日本本島，運天是不開放港，必須取得到運天的通行證才可以進港，而通行證久久尚未批下來。運天位於沖繩島的北端，戰爭期間是美軍最先登陸的地方。

一般船員不允許上岸，大家每天只好從甲板上眺望島上的一派荒涼的禿山，打發著日子。人們害怕當時美占領軍留下尚未爆炸的炸彈，於是就把山林燒光，夷為焦土。

韓戰雖已結束，島上還是這樣一派非同尋常的景象。戰鬥機練習投彈的爆炸聲，終日不絕於耳。無數的汽車在亞熱帶夏日陽光的照射下，沿海港敷設的寬闊的水泥馬路上來往奔馳。有小轎車，有卡車，也有軍車。沿途趕建起來的美軍營房，散發出新油漆的光澤。民房幾乎都被摧毀，修修補補的白鐵房頂給風景描繪出了醜陋的斑駁。

唯有大副一人可以上岸，他要到山川運輸公司承包公司去辦事。

繞航運天的申請終於批准了。歌島號駛入運天港，裝載了廢鐵。那時沖繩的天氣預報說颱風將襲擊沖繩地方。為了儘早啟航，駛出颱風圈外以躲避這場颱風，歌島號一大早就駛出海港，直向日本本島前進。

早晨，細雨霏霏。波濤洶湧，起西南風了。

不一會兒，背後的山巒就看不見了。歌島號依靠指南針的指引，從狹窄的視野中，在海上行駛了六個小時，晴雨表迅速下降。浪頭翻捲得更高，氣壓異常的低。

船長決定返回運天。雨被風刮得紛紛揚揚，遮擋住了視線，返航六小時的航行非常艱難。終於運天的山在望了。水手長十分了解這裡的地形，他站在船頭監視著。海港四周兩英里被珊瑚礁群包圍住，沒有浮標設備，從這狹窄的航路穿過是非常困難的。

「停止！……前進！……停止！……前進！」

歌島號多次停駛，放慢速度，從珊瑚礁的狹縫中穿行而過。這時已是下午六點。一艘鰹魚船在珊瑚礁內側避風。這艘船願意與歌島號繫在一起，於是兩艘船用數條纜繩將船舷拴在一起，駛入了運天港。港內波浪較小，風勢卻很猛烈，船舷併排的歌島號和鰹魚船為了防備風災，用兩條纜繩和兩條鋼索，把各自的船頭拴在港內約莫六平方公尺寬的浮標上。

歌島號上沒有無線電設備，只有指南針作為航海指南。鰹魚船的無線電台長將有關颱風的走向和方向的情報，逐一通報了歌島號的瞭望塔。

浮標是否能確保安全，已成為一個令人不安的問題。但是，纜繩是否會斷的危險性就更大。值班員一邊同風浪搏鬥，一邊無數次冒著危險，用鹽水淋濕纜繩。因為纜繩乾就容易斷裂。

晚上九點，這兩艘船被時速二十五公里的颱風籠罩了。

晚上十一點開始，是由新治、安夫和一名年輕水手等三人值班。三人邊碰著船壁，邊爬到甲板上。像針一般的飛沫扎在他們的臉頰上。

在甲板上無法站立。甲板猶如一堵牆擋在眼前，船的所有部分都在轟隆作響。港內的波濤雖然不至於沖刷到甲板，可是狂風吹撒著波浪的飛沫，像翻滾的煙霧，蓋住了視野。三人匍匐前進，好不容易爬到船頭，抱住了船頭的木樁。因為兩條纜繩和兩條綱索把這根木樁和浮標聯結在一起。

夜半，二十公尺前方的浮標隱約可見。一片漆黑中，一個白色的東西僅僅顯示其所在的地方。而且隨著鋼索近似悲鳴的呻吟聲，風巨大的撞擊把船高高地拋了起來。浮標在黑暗、遙遠的下方，顯得又遠又小。

三人抱住木樁，相對無言。風把海水刮在臉上，眼睛幾乎無法睜開。風的呼嘯和海的轟鳴，將三人鎖在無限的黑暗中，反而給他們帶來了狂暴的寧靜。

他們的任務是看守纜繩。纜繩和鋼索緊張地聯繫著浮標和歌島號。所有東西都在瘋狂的疾風中搖動，唯有這繩索劃出了一道堅定的線。他們目不轉睛地守著，由於精神集中為他們的內心帶來了某種堅定。

有時候感覺風可能會突然停息。這瞬間，三人反而戰慄不已。忽然，狂風又襲擊過來，把帆桁刮得搖搖蕩蕩，以驚人的巨響把大氣推向了彼方。

三人默默無言地監視著纜繩。纜繩在風聲中也斷斷續續地發出了尖銳的高亢的吱嘎聲。

「瞧這個！」安夫興奮地揚聲喊道。

鋼索發出不吉利的吱嘎聲，纏繞在木樁上的一頭有些錯位了。三人發現在眼前的木樁發生了某種細微的可怕變化。這時候，在黑暗中，一條鋼索反彈過來，活像一根鞭子閃了一下，接著撞在木樁上，發出了一聲轟鳴。

瞬時間，三人趴了下來，避免截斷了的鋼索打在自己身上。倘使打在身上，肯定是皮開肉綻。鋼索猶如不甘死亡的生物，發出了尖銳的悲鳴，從昏暗的甲板周圍蹦跳起來，劃了一個半圓形，復又沉靜下來。

三人好不容易才把這種情勢察看清楚，他們的臉色倏地刷白了。原來是繫在船上的四根繩索中的一根截斷了。剩下的另一根鋼索和兩根纜繩，也難以保證不斷了。

「向船長報告吧！」安夫說著離開了木樁。他抓住東西，好幾次被風刮倒在地，艱難地走到了瞭望塔，將情況向船長作了匯報。魁梧的船長非常沉著，至少表面上是如此。

「是嗎，該使用保險繩了吧？據說颱風在凌晨一點左右達到高峰，現在使用保險繩就絕對安全。誰能游過去把保險繩繫在浮標上呢？」

船長把瞭望塔上的工作委以二副以後，同大副一起跟隨安夫來到了甲板上。他們把保險繩和新的細索，像老鼠拖餅似的一步步連跌帶撞地從瞭望塔一直拖到船頭的木樁邊上。

新治和水手抬起了詢問的視線。

船長蹲著身子大聲說道：

「有人願意來把這條保險繩繫在對面的浮標上嗎？」

風的呼嘯，保護了四人的沉默。

「沒有人願意嗎？都是窩囊廢！」

船長又吼叫了一句。安夫縮著脖頸，嘴唇在顫抖。新治用爽朗而明快的聲音喊叫起來。這時候，在黑暗中看到他的潔白而美麗的牙齒浮現了出來。他的確是微笑了。

「我來！」

「好，來幹吧！」

新治站起身來。他為剛才屈著身子而感到愧疚。風從夜間的黑暗深處襲來，正面刮在他的軀體上。他牢固地站穩了腳跟。對於習慣在暴風雨的日子裡打魚的他來說，搖晃的甲板只不過是露出些許不悅的大地罷了。

他側耳靜聽。颱風在他這樣勇敢的人的頭上呼嘯而過。無論是在大自然寂靜的午睡旁邊，還是在如此這般瘋狂的宴席上，他同樣是有資格被邀請的。他的雨衣內裡，完全被汗水濡濕了。他的脊背和胸膛也完全濕透了。於是，他把雨衣脫了下來，只穿一件白色圓領襯衫，光著腳丫。年輕人的這副雄姿，浮現在暴風雨的黑暗中。

船長指揮著四人，把保險繩的一頭纏繞在木樁上，把另一頭同細索結在一起。作業由於風的阻礙，進展不了。

一繫上繩索，船長把細索的一頭遞給了新治，在他的耳邊喊道：

「把這個纏在身上游過去！然後把保險繩拉到浮標上繫好。」

新治把細索在褲腰帶上纏了兩圈。他站在船頭，俯視著大海。碰在船頭粉碎了的浪頭和飛沫的下面，是漆黑得看不見的悠悠翻滾的波濤。這是反覆著不規則的運動，隱藏著支離破碎危險的無常變化。剛覺著它逼近眼前，又見它緊迫而去，形成漩渦，扎在無底的深淵。

這時，新治的心上隱約地抹過初江的照片，如今它還放在掛在客艙裡的外衣兜裡。但這種徒然的閃念，被風刮得粉碎。他踩著甲板，縱身躍進了大海。

到浮標的距離是二十公尺。縱令他有自信不輸給任何人的臂力，有甚至能繞歌島五周的游泳本領，但要游完這二十公尺，卻不能說是很有把握的。一股可怕的力量襲擊了年輕人的胳膊。一種像看不見的棍棒似的東西，痛打著他那欲圖劃破波濤的胳膊。他的身體不由得漂了上來，剛覺著自己的力量要同波濤激烈地搏鬥，腳就像被油吸住，力量白白地消耗了。

他相信已經游到手可觸及浮標的地方，便從波濤間抬起眼睛，只見自己仍然在原地，望著浮標。

年輕人使盡渾身解數游過去。一個巨大的意志，進兩步退一步地一步步開闢了一條道路。像堅固的岩盤被鑽岩機不斷地鑿穿一樣。

手觸到浮標的時候，年輕人的手一滑，又被推了回來。這回幸虧波濤幾乎把他簇擁到浮標邊上，他一鼓作氣爬了上去。新治深深地吸了一口氣。風堵住了他的鼻孔和嘴。這瞬間，都快窒息了，下一步該做什麼幾乎忘得一乾二淨。

浮標全然委身於黑暗的大海，搖蕩不已。波濤不斷地沖洗著它的半個身子，沙沙地流落下來。新治伏下身體，解身上的繩子，避免被風刮跑。濡濕了的繩結很難解開。

新治拽著解開了的細索。這時，他才望見船的那邊。船頭的木樁處彷彿固定著四個人影。鰹魚船船頭上的值班員也在注視著新治。僅距二十公尺，看起來卻相當遙遠。拴在一起的兩艘船的黑影，彼此相攜忽而高高升起，忽而又低低沉下。

細索對風的阻力很小。拉細繩的時候，比較輕鬆，然轉眼間，它前頭的重量增加了，開始拉直徑十二公分的保險繩了。新治險些掉進大海。

保險繩對風的阻力很大。年輕人好不容易才握住了保險繩的一頭。繩索太粗，他的堅實的大手掌幾乎握不住。

新治很難使上勁。即使試圖用力叉開雙腿，風也不許他做這種姿勢。一不留神的話，反而會被保險繩反作用力拽到海裡去。他的濕漉漉的身體在燃燒，臉部在燃燒，兩邊太陽穴在激烈地跳動。

新治將保險繩繞在浮標上，繞了一圈之後，作業就變得輕鬆了。因為在上面產生了力點，粗大的保險繩成了新治身體的依托。

他繞了第二圈，就沉著地打了個結實的結，爾後舉起手來，宣告作業大功告成。

他清楚地看見船上的四個人在向他招手，年輕人忘卻了勞累。快活的本能復甦了。衰頹的力氣又重新湧了上來。他迎著暴風雨，盡情深深地吸了一口氣，便躍進大海，往回游去。

眾人從甲板上拋下繩索，把新治救了上來。船長用他的大手掌拍了拍上了甲板的年輕人的肩膀。他的男子漢氣力，支撐著差點失神的勞頓。

船長命令安夫將新治扶到客艙裡。非值班的船員替新治擦拭了身體。新治仰臉躺下，昏昏沉睡了。任憑暴風雨呼嘯，也無法阻撓他進入甜美的夢。

……翌日清晨，新治一覺醒來，明晃晃的陽光已經投射到他的枕邊。

他透過臥鋪邊上的舷窗，凝望著颱風過後的澄明藍天、亞熱帶陽光照耀下的禿山景致，還有平靜海面的閃光。

第十五章

歌島號比預訂日期晚幾天回到了神戶港。船長、新治和安夫回到島上的時候，已經趕不上在先前計畫八月中旬舊曆的盂蘭盆節了。三人在神風號聯運船的甲板上，聽到了島上的新聞。據說，舊曆盂蘭盆節的四、五天前，一隻大烏龜爬上了古里海濱。烏龜當場被宰殺，取出了滿滿一水桶烏龜蛋。每隻龜蛋賣二圓。

新治參拜八代神社還願，旋即參加了十吉的宴請。十吉灌了不會喝酒的新治好幾杯。

第三天開始，新治又登上十吉的船出海打魚了。新治一句也沒有談及航海的事情，可十吉從船長那裡一一地聽說了。

「聽說你大顯身手啦！」

「哪兒的話。」

年輕人臉上淡淡地飛起一片紅潮，再沒有說更多的話。不了解他為人的人，還以為他這一個半月不知在哪兒睡大覺呢。

過了片刻，十吉用若無其事的口吻問道：

「照大爺沒有來說什麼嗎？」

「沒有。」

「是嗎。」

誰也沒有提及初江的事，新治也不覺得格外寂寞，他在三伏天的大浪中，搖搖蕩蕩的漁船上，全力以赴地從事熟悉的勞動。這種勞動猶如做工很好的衣服，對他的身體和精神十分合適，沒有隱藏其他煩惱的餘地。

他油然生起一種奇妙的知足感。傍晚航行在遠處海面上白色貨輪的影子，與老早以前所看到的是另一種不同的船，它給新治又帶來新的感動。新治心想：

「我知道那艘船的去向。船上的生活和它的艱辛，我都了解。」

至少是那艘白船已經失去了未知的影子。然而，晚夏的傍黑，遠方拖著長長雲煙的白色貨輪的形影裡，含有比未知更加激動人心的事物。年輕人回憶起他的手用力拽過的那根保險繩的分量。新治的確曾一度用自己粗壯的手接觸過那個昔日眺望遠方的「未知」。他感到自己也能接觸遠方海面上那艘白色的船。他在孩童般的心情的驅使下，舉起骨節突兀的五隻手指遮著光，眺望著東方遠處的海面，那裡已投下晚霞的濃重陰影。

——暑假已經過去一大半，千代子還是沒有回家。燈塔長夫婦終日等待著女兒返回島上來。他們去信催促，卻沒有回音。又再次去信，過了十天後，好不容易才來了信。只是寫了今年暑假不返回海島，也沒有寫明理由。

千代子的母親終於想到拿出哀求的招數，寫了十多張信紙的長信用限時郵件寄去，讓女兒回家並傾訴了衷腸。接到回信時，暑期所剩無幾，這是新治回到島上過了七天，即第八天發生的事。信的內容出乎意料地令她母親驚愕不已。

千代子在信裡向母親坦白：是自己對安夫搬弄了不必要的是非，說在暴風雨的日子裡看見新治和初江兩人互相依偎地從石階上走下來，使他們兩人陷入了苦境。罪惡的反思在折磨著千代子的心。信上還說：只要新治和初江不能獲得幸福，自己就不能厚著臉皮回到島上來。我的條件是：如果母親能費心出面做媒，說服照吉，讓他們兩人結合，那麼就願意返回島上。

心地善良的母親看了這封悲劇性的語帶威脅請求信，不禁膽顫心驚。她若不採取適當措施，女兒將無法忍受良心的苛責，甚或可能自殺。燈塔長夫人讀過許多書，了解到適齡少女會因某種細微瑣事而自殺的可怕案例。

燈塔長夫人決定不讓丈夫讀這封信，她想：萬事必須儘快操辦，必須讓女兒早日回到島上來。她換上出門穿的白麻質地西服裙，重新煥發了昔日女校老師的風采，猶如去見學生家長商談難以解決的問題。

她來到村莊路邊的一戶人家，門前鋪上席子，曬著芝麻、紅豆、大豆等。青青的小粒芝麻，沐浴著晚夏的陽光，在新鮮色澤的草席的粗紋上，投下了一個個可愛的紡錘形的影子。今天從這裡鳥瞰大海的浪濤，並不算高。

夫人腳穿白涼鞋，從村路的水泥台階一級級地走下去，發出了輕輕的腳步聲。此時聽見一陣陣歡快的笑聲和有節奏地拍打濕衣服聲。

仔細察看，原來是六、七個身穿便服的婦女在沿路的小河畔洗濯衣服。陰曆盂蘭盆節過後偶爾去採褐色海帶、空閒下來的海女們在此處洗濯積攢的髒衣服，其中有新治的母親。所有人都幾乎不使用肥皂，把衣服攤放在平坦的石塊上用雙腳踩踏。

「啊，太太，今兒上哪裡呀？」

婦女們齊聲招呼道。在河水的反映下，她們挽起褲管露出的黑腿在搖動。

「去拜訪宮田照吉先生。」燈塔長夫人回答說。

夫人看見新治的母親，她覺得不打一聲招呼，就去解決人家的兒子的婚姻問題也很奇怪。於是，她從石板路上迂迴，踏上了通向河邊的布滿苔蘚容易滑跤的石階。穿涼鞋是很危險的。她轉身背向小河，還好幾次回頭瞥看小河那邊，一邊扶住石階慢慢走了下去，一名婦女站在小河中央，伸手助了她一臂之力。

下到河邊，夫人脫下涼鞋，光著腳丫，開始淌水過河。

對岸的婦女望著這種冒險的行為，嚇得目瞪口呆。

夫人抓住新治的母親，在她的耳邊說了些悄悄話，可是並不高明，周圍的人都聽見了。

「其實嘛，在這種地方說話不怎麼合適，不過，新治和初江的事，接下來怎麼辦？」

新治的母親對這種突如其來的提問，滾圓了眼睛。

「新治喜歡初江吧？」

「是，這個……」

「但照吉先生加以阻撓了吧。」

「是，這個……所以很痛苦……」

「那麼，初江本人怎麼想？」

其他海女對這全部聽見了的悄悄話，抱有極大的興趣，大家都紛紛插話進來了。首先是提起初江的事，自從貨郎舉辦比賽以來，海女們全都成了初江的支持者，從初江那裡聽到了她的心裡話，她們一致反對照吉的做法。

「初江也很迷戀新治啊。太太，這是真的啊。可是，照大爺卻打算把沒有出息的安夫招為養老女婿，天下哪有這等傻事啊！」

「所以嘛……」夫人用講課的語調說，「我接到女兒從東京寄來的一封威脅信，讓我無論如何也要促成新治和初江的婚事。所以，我這就到照吉先生那兒去談談試試。不過，這事也得先聽聽新治母親的意見。」

新治的母親拿起了正踩在腳下的兒子的睡衣。她慢慢地把它擰乾，沉思了一會兒，然後向夫人低頭施了一個禮，說：

「那就拜託您啦。」

其他海女在俠義心的驅使下，活像河邊的水鳥群也沸騰起來，彼此商談，認為她們要代表村裡的婦女跟夫人一起去，以人多來給照吉施加壓力，這樣可能有利。夫人同意了。她們商定，除了新治母親以外，五名海女也一起去，她們趕忙把洗濯的衣服擰乾，送回家裡之後，在去照吉家的轉角處與夫人會合。

燈塔長夫人站在宮田家昏暗的土間處。

「屋裡有人嗎？」

她招呼了一聲，聲音顯得很有活力。屋裡沒有回應。曬得黝黑的五名婦女非常熱心，從屋外像仙人掌似地把頭探進去，閃爍著目光，瞧了瞧土間的裡頭。燈塔長夫人再招呼了一聲，聲音在空蕩蕩的房子裡旋蕩。

片刻，傳來了樓梯的吱嘎聲，身穿單和服的照吉走了下來。初江似乎不在家中。

「噢，原來是燈塔長太太。」

照吉堂堂地站立在門框處，嘴裡嘟囔了一句。他接待來客，決不露出平易近人的面孔，而且倒豎起活像鬃毛的白髮，大多數來客看見這種情狀都想逃跑了。燈塔長夫人雖然也有點畏怯，但還是鼓起勇氣說：

「我有件事想找你商量。」

「是嗎，請進屋裡來。」

照吉轉過身子，旋即登上了樓梯。燈塔長夫人隨後，五名婦女也尾隨，悄悄地登上了樓梯。

照吉把燈塔長夫人讓進二樓裡頭的客廳，自己落坐在壁龕的立柱前，他對走進屋裡的來客增至六人，並未露出驚訝的神色。他無視客人的存在，凝望著敞開的窗戶，手裡搖著畫有鳥羽藥鋪廣告的美人畫團扇。

透過窗戶，可以望見歌島港就緊貼在下方。防波堤內側拴著一艘合作社的船。夏雲彷彿佇立在伊勢海的遙遠彼方。

室外的光線過於明亮，室內就顯得昏暗。壁龕裡掛著他家曾任三重縣知事的祖先的親筆揮毫。還有利用盤根錯節的樹根雕刻的一隻曉雞，將自然生長的枝椏雕成雞尾和雞冠，散發出了樹脂般的光澤。

燈塔長夫人坐在沒有鋪上桌布的紫檀桌的一側，五名海女則成四角形地坐在門口垂簾的前面，彷彿在舉辦便服展覽會似的，方才的氣勢都不知到哪兒去了。

照吉依然一聲不言，不理睬她們。

夏季下午悶熱的沉默，壓在心頭上。只有幾隻在屋裡飛來飛去的大銀蠅的嗡嗡聲，占據了這種沉默。

燈塔長夫人揩了幾遍汗水，終於開口說道：

「我要說的，就是府上初江小姐同久保家的新治君的事……」

照吉依然把臉扭向一邊，久久才冒出了一句：

「初江和新治嗎？」

「是啊。」

這時照吉才把臉扭過來，也沒有一絲笑容，說：

「這件事嘛，我已經決定了。新治將是初江未來的夫婿。」

女客們像決了堤似的騷然起來。照吉壓根兒無視客人的感情，只顧繼續道：

「儘管這樣，無奈新治太年輕，我想，眼下先訂親，新治成人以後再正式舉行婚禮。聽說新治母親生活並不富裕，我打算商量妥後，由我來扶養他的母親和弟弟，或者按月給錢也可以。這些，我對誰都沒有談過。

「起初我也很生氣，可是，一拆散他們兩人的關係，初江也像丟了魂，這樣下去也不行，我就想了個招數，拜託船長讓新治和安夫都上我的船實習，考驗考驗他們，看誰有出息。結婚的事，透過船長向十吉透露了。十吉大概什麼也沒有告訴新治吧。哦，就是這麼一回事。船長格外看中新治，他說再也找不到這樣好的女婿了。新治在沖繩，顯示了非凡的本領，我也重新考慮了，最後決定選他做女婿。這就是事情的全過程……」

照吉加強了語氣。

「男子漢嘛，就是要看魄力。只要有魄力，就是好樣的。歌島的男子漢非這樣不可。至於門第、財產都是其次，難道不是這樣嗎？太太，新治是個有魄力的男子漢啊！」

第十六章

新治已經可以正式踏進宮田家的門了。一天晚上，他打魚歸來，穿上乾淨的開襟白襯衫和長褲，兩隻手各拎了一尾大加鯽魚，來到宮田家，在門口呼喚了初江的名字。

初江早有準備地等候著。因為兩人已經相約去八代神社和燈塔那邊報告他們的婚事，以及道謝。

土間周圍的薄暮顯得還很明亮。從屋裡出來的初江身穿上回從貨郎那裡買來的帶大朵牽牛花的夏季白地單和服，在白地單和服的映襯下，夜裡看也是很鮮豔的。

新治一隻手扶著門口在等候著，初江一出來，他馬上低下頭來，用登著木屐的一隻腳在驅趕什麼，咕噥地說：

「蚊子真多啊！」

「是啊！」

兩人登上八代神社的台階。本來就沒有什麼理由非一口氣跑上去不可，他們兩人心滿意足地細心領會似地一級級攀登而上，來到一百級處，他們似乎覺得就這樣再往上攀登太可惜了。兩名年輕人便想手拉著手，但加鯽魚卻妨礙了他們。

大自然也給他們恩賜。他們登到台階盡處，回頭鳥瞰伊勢海。夜空繁星閃爍，只有在多知半島的方位上，飄忽著聽不見聲響的不時掠過閃電的低低的雲層。潮騷也並不兇烈。聽起來像海健康的鼾聲，很有規律，也很安詳。

他們兩人穿過松林，前去參拜簡陋的神社。年輕人覺得自己拜神時的擊掌聲格外的響，在四周引起了回蕩。於是他又一次擊了擊掌。初江低頭祈禱。多虧白地單和服的衣領，她的脖頸並不顯得特別的皙白，但比任何皙白的脖頸更吸引著新治的心。

年輕人先前向諸神祈求保佑的事，都能如願以償。他內心又泛起了幸福感。兩人做了很長的禱告。他們一次也不曾懷疑過諸神，所以得到了諸神的保佑。

神社辦公室燈火通明。新治揚聲招呼，只見神官打開窗戶，探出頭來。新治的話不得要領，神官總也領會不到兩人的意圖。話兒好不容易說通了。新治把神前的供品加鯽魚拿出來，神官接過這尾鰭大肉厚的大魚，想到不久的將來將親手操持這對情侶的婚禮，也就衷心地祝福他們了。

兩人從神社後面登上了松林道。此時此刻他們更加體會到夜間的涼爽。已是天黑時分，夜蟬還在鳴叫。通往燈塔的路非常艱險。新治空出一隻手，牽著初江的手。

「喂，」新治說，「我快要參加考試，考取航海技術執照，當個大副。滿二十歲，就可以拿到執照了。」

「太好了。」

「拿到執照，我們就可以舉行婚禮。」

初江沒有回答，靦腆地笑了。

拐過女人坡，快來到燈塔長官舍的燈前，看見廚房玻璃門上燈塔長夫人的投影正移動著，她忙著準備菜餚呢。年輕人像平時一樣，招呼了一聲。

燈塔長夫人把門打開。她看見年輕人和他的未婚妻佇立在薄暮中。

「喲，你們一起來啦。」

夫人伸出雙手，好容易才接近新治遞過來的大加鯽魚，高聲呼喚道：

「孩子她爸，新治送來一尾好大的加鯽魚。」

凡事怕麻煩的燈塔長坐在裡頭，沒有站起身來就叫喚道：

「你經常送魚來，太感謝了。這次要祝賀你們啊！來，請進屋裡來吧，請進來吧！」

「哦，請進來吧！」夫人補充了一句。「明天千代子也回島上來。」

年輕人全然不知道自己給千代子所帶來的感動和種種心靈上的困惑，他對夫人這種唐突的補充，只是聽聽，沒有再想些什麼。

在燈塔長夫婦的一再挽留下，他們兩人在燈塔長家裡用餐，待了將近一個小時。臨回家時，根據燈塔長的建議，安排他們兩人參觀燈塔。新回到海島的初江一次也沒有參觀過燈塔的內部。

燈塔長陪同兩人首先參觀了值班小屋。

由官舍經過昨日剛播種的小塊蘿蔔地，登上水泥台階，就是值班小屋。燈塔位於這高台山邊，值班小屋就瀕臨懸崖絕壁。

燈塔的亮光，把值班小屋臨懸崖的一面劃出了一道光的霧柱般的東西，以右向左在橫向移動著。燈塔長把門打開，先走進去，點燃了燈。照見了窗柱上掛著的三角尺、整齊的書桌、書桌上的船舶通過報告，以及面窗架在三腳架上的望遠鏡。

燈塔長打開窗戶，親自將望遠鏡調整到適合初江的身高。

「啊，真美！」

初江用單和服袖子揩了揩鏡頭，再看了一遍，歡呼起來……

片刻，亮著綠色前燈和後桅桿燈的巨輪，離開了望遠鏡頭的視野，從伊良湖海峽向太平洋方向駛去。

燈塔長領著兩人參觀了燈塔。一樓裡有注油器、煤油燈、大油桶，飄逸著一股油臭味兒，發動發電機轟鳴地在震動。從狹窄的螺旋樓梯上到了盡頭，頂上是孤零零的圓小屋，燈塔的光源悄悄地安居在這裡。

兩人藉著燈塔的燈光，透過窗戶望見黑魆魆的波濤洶湧的伊良湖海峽茫茫地從右向左橫過去。

燈塔長善於動腦筋，他把兩人留在那裡，自己從螺旋樓梯走了下去。

圓頂上的小屋圍著磨得鋥亮的木頭牆。黃銅金屬零件發出多芒的光，通過厚透鏡把五百瓦光源的電燈周圍，擴大為六萬五千燭光，保持連閃白光的速度，在悠然地旋轉著。透鏡的影子圍繞著圓形四周的木牆，成為明治時代的燈塔特徵。這個影子，伴隨著叮叮叮的回轉聲，閃過把臉貼在窗邊的年輕人和他的未婚妻的背後。

兩人依偎得很近，近得彼此都感到若想撫觸對方的臉頰，立即就能觸到。他們燃燒的熱情也是如此……兩人的面前又是一片預想不到的黑暗，燈塔的亮光很有規律地從茫茫的黑暗中橫掃而過，透鏡的影子恰好罩在穿白襯衫和白單和服的兩人背後，扭曲了輪廓。

如今新治思索了。他們儘管歷經了那樣的艱辛，最後還是在道德中獲得了自由，神靈的保佑一次也沒有離開過他們。也就是說，籠罩在黑暗中這小小的海島，保佑著他們的幸福，使他們的愛戀獲得了成功……

突然，初江面對新治笑了。她從和服袖口袋裡掏出了一片小小的桃色貝殼給他看了看。

「這個，還記得嗎？」

「記得。」

年輕人露出美麗的牙齒微笑了。然後，他從襯衫胸兜裡掏出了初江的小照片，給未婚妻看了看。

初江輕輕地摸了摸自己的照片，然後還給了新治。

少女的眼睛裡浮現出自豪。因為她認為自己的照片保護了新治。然而，這時候，年輕人揚了揚眉毛。他知道能擺脫這次冒險的，是靠自己的力量。

三島由紀夫文集 11
潮騷
潮騒

作　　　者｜三島由紀夫
譯　　　者｜唐月梅

副　社　長｜陳瀅如
總　編　輯｜戴偉傑
編　　　輯｜謝晴
封 面 設 計｜謝佳穎
電 腦 排 版｜極翔企業有限公司
行 銷 企 劃｜廖祿存
出　　　版｜木馬文化事業股份有限公司
發　　　行｜遠足文化事業股份有限公司（讀書共和國出版集團）
地　　　址｜231 新北市新店區民權路 108-4 號 8 樓
電　　　話｜(02)2218-1417
傳　　　真｜(02)2218-0727
E m a i l｜service@bookrep.com.tw
郵 撥 帳 號｜19588272 木馬文化事業股份有限公司
客 服 專 線｜0800-221-029
法 律 顧 問｜華洋法律事務所　蘇文生律師
印　　　刷｜成陽印刷股份有限公司

二　版 6 刷｜2024 年 8 月
定　　　價｜280 元

ISBN 978-986-359-611-0

歡迎團體訂購，另有優惠，洽：業務部 (02)2218-1417 分機 1124

國家圖書館出版品預行編目 (CIP) 資料

潮騷 / 三島由紀夫著；唐月梅譯. -- 二版. -- 新北市：木馬文化出版：遠足文化發行，2018.11
184 面；13×18 公分. --(三島由紀夫文集；11) 譯自：潮
ISBN 978-986-359-611-0(平裝)

861.57　　　107018482